# Rêves d'anges gardiens

# Rêves d'anges gardiens

Roman

# Jean Darmen

# 1

# Sauvetage

J'occupe un bureau individuel bien isolé dans l'immense plateau paysager du septième étage des services généraux, dans un des immeubles tours d'un grand parc, un peu en contrebas de l'immense pyramide du siège universel. Un bureau que j'ai aménagé, meublé, décoré à mon goût, un bureau calme et serein, lumineux, récompense de mes exploits passés, présents et à venir. Sérénité presque absolue et éternelle, malheureusement quelquefois troublée par le cri sauvage du chef quand je penche la tête en avant et commence à somnoler. Comment le remarque-t-il ?

Ah ! J'oublie trop vite que c'est un chef.

Je somnole quelquefois entre deux rêveries aux souvenirs de mes exploits.

— Daniel ! Ton rapport !

Ce cri, c'est mon chef.

Ce cri à travers le plateau, c'est mon chef, mon bien-aimé-chef-qui-me-rappelle-son-autorité. Pas très aimable avec moi depuis mon retour, mon chef ! Sans doute jaloux de ma réussite ! Ou bien furieux que mon ami Michael partage mon succès avec son propre supérieur hiérarchique.

— Je viens à peine de rentrer, chef !

Pensais-je.

Il a intercepté en vol ma pensée.

— Trois lignes de rapport ! Ce n'est pas la mer à boire ! Que diable !

Pour moi, c'est la mer à boire, pour moi qui frappe d'un doigt sur le clavier rénové et informatisé d'une antique Underwood de collection et qui ait l'esprit beaucoup moins vif que celui d'un sacré foutu chef arrivé par l'ancienneté. Et Dieu sait qu'il en a de l'ancienneté mon chef. Une éternité qu'il est chef de plateau du septième.

Et puis, ce ne seront pas trois malheureuses lignes qui vont le satisfaire, il faudra au moins une page et les factures justificatives de frais en annexe, factures commentées, justifiées, tamponnées et signées, en trois exemplaires, au minimum.

Mais je suis docile… et prudent :

— Tout de suite chef, je m'active, lui criai-je.

Dynamique, malgré tout !

Mince ! Laisse-moi un peu le temps pour souffler après mon expédition sur Terre. Que je me concentre.

M'enfin !

C'est bien moi, Daniel Heaven, qui dois faire ce rapport, et personne d'autre. Je commence par copier ma fiche signalétique confidentielle en haut et à gauche du document, c'est la procédure.

Ne vous formalisez pas trop, en tant qu'ange je n'ai pas de nom, pas de prénom, pas d'âge ; toutes ces complications sont là pour faciliter nos déplacements terrestres, ne serait-ce que pour les passeports, cartes d'identité, passe-droits, permis de conduire, carte bancaire, carte de fidélité et de réduction.

Ce ne sont que des pseudos. J'ai choisi mon prénom à partir de mon numéro matricule. Ça aurait pu être pire, mais c'est tombé sur Daniel...

Nom : HEAVEN,

Prénom : Daniel,

Matricule : 4 1 14 9 5 12

Date de naissance : 00/00/00,

Occupation : ange gardien,

Qualification : spécialiste femme,

Agrément : « missions délicates »,

Note générale : 5/5.

Depuis toujours. Pas mal, n'est-ce pas ?

Raison d'être : sauver des pièges calamiteux du Malin les pauvres humaines, les jolies abonnées qui me sont confiées. Ça, je ne le mets pas, je ne suis pas encore complètement fou. Mais c'est ma raison d'être et j'ai le droit le plus strict d'y croire dur comme fer. Si vous me poussez un peu, je suis capable de tenter de sauver l'humanité. Mais il faut m'en donner l'ordre écrit.

Ne me poussez pas, s'il vous plaît.

C'est trop fatigant.

*

Tout a commencé quand le brillant Daniel Heaven a désespéré de joindre une de ses abonnées, Sophie, la jolie Sophie, la si mal nommée, Sophie la dévergondée qu'il tente, en vain, pour le moment du moins, de sauver de son erreur, une impardonnable erreur, une faute même : sa fuite idiote du domicile conjugal.

Toujours rien ! Ça continue ! La galère ! Daniel cherchait aussi à joindre Michael Himmel, son collègue et ami du huitième étage dont la ligne sonnait toujours occupée.

Daniel avait beau alterner les appels par télépathie avec Sophie et par téléphone micro cellulaire avec son collègue, il avait beau taper du crayon sur sa table en cristal de roche rose, Michael ne répondait pas et cette sacrée Sophie restait injoignable.

Daniel se retint de jurer, ce serait du plus mauvais effet. Les plantes vertes artificielles risquaient de crever. Ça s'est déjà vu. Et surtout, il n'est pas tout seul ; les cloisons sont minces dans cet immense plateau paysager ; les collègues ont l'oreille fine et la langue agile, comme s'ils n'avaient que ça à faire.

Espionner. Dénoncer. C'est le sport local.

Certains doivent le trouver agité dans son bocal.

Daniel jure pour lui tout seul, pour son usage personnel, dans sa tête, c'est préférable. Il connaît quelques jurons appris au cours de ses déplacements sur Terre ; ce sont des jurons bien anodins, ce sont plutôt des interjections comme : mince, morbleu, palsambleu, zut, flûte, crotte au pire, et même tabarnaque, ostie, sacre et autres souvenirs d'une mission agitée dans la belle province. Les jurons plus graves ?

Il ne se le permettrait pas s'il les connaissait.

Il se reprocha immédiatement la tentation d'une entorse aux règles.

Mince, alors !

Damnation !

La liaison télépathique ou radio télépathique, comme on dit aujourd'hui pour faire moderne, était toujours impossible avec Sophie.

Encore un satellite en carafe !

Soit la jolie Sophie avait décroché pour organiser son injoignabilité, soit elle était devenue Sophie-jacasse. Quelle guigne ! Elle doit se lamenter auprès de quelqu'un d'autre, un plus mauvais conseiller que lui ; lui son meilleur gardien dédié à sa protection par l'autorité supérieure.

Mince, alors ! Zut ! Crotte… etc.

Pour se détendre, Daniel s'offrit une courte pause : il plongea son regard au-delà des verrières. Bleu, il fait bleu sans nuages aucuns, bleu d'azur. Tout est lumineux et clair, le plateau est immense, il n'en voit même pas les quatre angles, car il y a quatre angles, c'est certain, aux quatre points cardinaux. Il croit aux quatre angles, même s'ils sont tordus. Il est au septième étage et il y en a au moins quarante-deux au-dessus de lui, il croit aux quarante-deux autres étages ; de nombreux autres immenses bureaux paysagers aussi lumineux. Ce ne sont pas des angles vraiment puisque l'immeuble à une forme d'œuf reposant sur sa base la plus large, côté pointu vers le haut, comme les autres qu'il voit au loin. Un, deux, trois, dix, cent, mille et plus, autres œufs de quarante-neuf étages autour de lui et dans le lointain. Des œufs en suspension dans l'atmosphère. Et ce n'est même pas le siège ; le siège est un peu plus loin, plus haut, pentagone immense s'élançant en pyramide dans l'azur. Éclatant de luminosité et de transparence bleutée.

Daniel n'a pas encore eu l'occasion de visiter le siège, il n'a pas pris le temps de demander le laissez-passer spécial. Ça ne l'intéresse guère, il risquerait d'envier les collègues qui y vivent, sans y travailler, peut-être. Il n'a jamais été invité à ce voyage :

« Là, tout n'est qu'ordre et beauté, luxe calme et volupté. » Il avait lu cette description sur Terre.

Il imagine de grands bureaux, les marbres, les colonnettes, les chapiteaux, les plafonds décorés comme la chapelle Sixtine, les vitraux, le mobilier précieux, les tableaux, mais lui se contente du bonheur simple de travailler dans cette glorieuse entreprise, sur ce plateau immense à la décoration ascétique et minimaliste, dans sa petite boîte que tout le monde lui envie, son bureau à lui tout seul, personnalisé par lui tout seul.

C'est quand même éblouissant de lumière. Travailler dans un cadre aussi lumineux est une bénédiction divine. Travailler est-ce bien le mot ? Faire le bien et le bonheur des autres, est-ce travailler ? Aider ses abonnées, les encourager sur la voie de la sagesse, de l'amour et de la béatitude, est-ce travailler ?

Le devoir, l'action, le secours.

Et pourtant, il y a eu, il y a, il y aura de nombreux moments délicats. Voire difficiles.

C'en était un justement un !

Un de ces moments difficiles qui occasionnent de grosses contrariétés : ne pas arriver à joindre son interlocutrice. Elle s'était mise (volontairement) absente, elle ne répondait pas à ses sollicitations par transmission de pensée ou par radiotéléphone.

Daniel tenta un dernier appel.

Rien à faire ! Sophie fait la morte.

Ou plutôt, elle fait semblant d'être morte.

Daniel le saurait si Sophie était tout à fait morte. Quand même, il le saurait : il en aurait été le premier averti par les réceptionnistes de l'accueil, trop heureuses d'annoncer la bonne nouvelle. À moins que tout se mette à dérailler dans cette organisation céleste si complexe. Mais ce n'était pas possible. Tout fonctionne à merveille.

Comme toujours.

Daniel postillonna dans son appareil vintage, un vieil appareil en bakélite noire qu'il préférait aux appareils modernes presque transparents :

— Sophie raccroche bon sang ! ou je demande ma mutation au secteur Homme. J'en ai ma claque de tes bavardages oiseux.

Pourtant elle est sympa Sophie, mais trop bavarde. Jolie aussi, un corps de rêve, trop jolie pour être tout à fait sainte. Elle est si bien faite qu'elle attire irrésistiblement les hommes, elle en abuse sans vergogne. Et elle est accusée, depuis peu, d'en abuser avec les femmes, enfin avec une femme. Elle a élargi ses sources d'ennuis, elle va aussi aggraver ses chagrins, provoquer son malheur.

Ce n'est pas faute de l'avoir prévenue.

Daniel n'a pu rien y faire et est tenté de la laisser tomber et de passer à une autre de ses protégées, plus réceptives, aussi méritantes qu'elle, et dans de plus grandes difficultés encore, dans la merde noire peut-être.

Mais enfin, il faut le comprendre : Sophie est sa favorite. Il ne se lasse pas de la regarder se déplacer si élégamment. Il lui a tellement rendu service en lui faisant rencontrer Thomas, qu'il la préfère aux autres.

Classique.

Une idée éclair lui avait traversé l'esprit : joindre au plus vite son collègue Michael qui conseille Thomas, le mari en titre de Sophie ; l'atteindre ainsi par une voie détournée.

Même ça, il n'arrivait pas à le faire.

C'était un mauvais jour.

Il faudrait pourtant raccommoder Sophie et son mari, ce serait une première étape de son action. Même si c'est devenu un vrai salaud ce mari. Après tout, c'est d'abord l'échec de Michael qui n'a pas pu l'inciter à rentrer dans le chemin de la raison, le droit chemin de la normalité. D'arrêter de jouer au macho. D'arrêter ses pratiques masos, d'arrêter de fesser Sophie pour un oui ou pour un non.

Ce ne sont pas des manières !

Dieu sait si tous les deux nous nous décarcassons.

Ça n'avance pas !

Quelle guigne !

Daniel tapotait maintenant sur le micro de son téléphone comme si un faux contact l'empêchait de fonctionner.

Enfin, son ami Michael décrocha :

— Allo, ici Michael ?

— Ici Daniel, septième étage, troisième section Europe occidentale et Canada.

— Ah ! C'est toi !

— Michael, enfin ? Mince, qu'est-ce que tu fous ? Thomas devient déraisonnable.

— Ah ! Tu me parles sans doute du fameux Thomas de ta jolie Sophie ?

— Oui, cette jolie garce de Sophie a posé une réclamation. Elle n'y est pas allée de main morte. Elle a directement adressé une prière ardente au Grand Patron. Il vaut mieux s'adresser au Bon Dieu qu'à ses saints, c'est bien connu ! J'ai la copie de sa réclamation en direct du siège. Ça ne fait jamais plaisir. C'est l'effet d'une douche froide ! Elle menace de résilier son abonnement. Nous serions inefficaces. Sans doute va-t-elle faire appel à des rebouteux ou à la concurrence.

Je n'ai pas envie de la perdre cette abonnée. Elle est trop canon ! Ma plus belle humaine. Des comme ça me feraient bander si j'en avais le droit. Et la possibilité. Alors c'est pour quand la réconciliation avec Thomas ?

Michael restait coi.

Daniel insista :

— Si Thomas a besoin d'aide, aide-le ! Tu es son ange gardien après tout. Tu as tout pouvoir. Fais au plus vite, car Sophie regarde ailleurs : elle a des arguments pour trouver un autre humain. Je ne lui conseille pas de fuir Thomas qui est l'homme idéal pour elle, d'ailleurs ils se sont promis fidélité devant le Grand Patron. Ça me ferait mal d'avoir un divorce sur les bras. Notre avancement en prendrait un sale coup. Je sais que tu as d'autres cas sévères à suivre dans ta section. Mais enfin Michael ! Fais un effort pour moi. Réponds !

— Je fais au mieux, cher ami !

— Merci, je t'embrasse.

Daniel se calma en mordillant son crayon papier comme il aurait fait d'un cigare, mais il est interdit de fumer ici. Il rangea méticuleusement le contenu du dossier de Sophie, dossier dont quelques feuilles dépassaient légèrement. Quand tout sera bien d'équerre, il fera une petite pause.

Quand tout à coup !

Un éclair dans le ciel d'azur ; un nouvel appel impératif et inopiné du chef qui cria :

— Daniel ! Viens me voir !

Réveille-toi ! Immédiatement.

— « L'affaire Sophie/Thomas » ?

Urgence absolue.

*

Ça, c'est bien mon chef ! Convoqué brutalement et sans façon par mon chef, un sous-chef ce petit-grand-chef, mais un chef intéressant quand même : c'est lui qui octroie les congés et les autorisations de déplacement sur Terre ou ailleurs.

Mince, qu'est-ce que j'ai fait encore ?

Ou bien qu'est-ce que je n'ai pas fait ?

Le chef demande le dossier de Sophie. Je lui apporte, je venais de le ranger soigneusement. Ouf !

Comme par hasard.

Certes, « l'affaire Sophie/Thomas » n'est pas reluisante. Ça faisait des vaguelettes au HLS (Haut Lieu Saint). Au siège tout simplement.

Mais je suis sûr que le Grand Patron a déjà oublié cette affaire ; il est quand même âgé, et puis, combien en avait-il de prières de ce genre ? Des millions, des milliards par jour. Heureusement que les services ne lui transmettent pas tout. Il y a de quoi devenir fou, ou parano. M'enfin, c'est bien lui qui tire toutes les ficelles, je ne suis qu'un infime rouage de son organisation infinie. Quand même !

C'est la réclamation de Sophie qui a dû occasionner ma convocation. Ça fait du bruit tout de suite quand un humain arrive à faire des vagues qui atteignent le HLS et le Grand Patron. Quelle idée géniale de s'adresser à Lui directement, pour faire avancer ses petites affaires ! Mais les humains ne se rendent pas compte des ennuis qu'ils occasionnent aux sous-fifres comme moi et à toute la hiérarchie. D'ailleurs, les humains s'en foutent, la plupart feignent d'ignorer notre existence, ou pour se simplifier la vie nous ignorent.

Mon chef feuillette le dossier.

— Voilà un beau dossier comme je les aime, bien rangé. Félicitations Daniel.

Coup de chance, c'est le seul dans cet état !

Un dossier à la couverture verte, pas plus épais qu'un autre, avec ses feuilles blanches couvertes de signes, d'autres immaculées et quelques notes manuscrites sur des feuilles rose bonbon.

Donc, Sophie, 30 ans, domiciliée à Paris. Ah ! Tiens donc ! Avec la réforme du service et les réductions d'effectifs, il a simultanément tant d'abonnées à suivre, qu'il n'est plus possible de connaître chaque fiche par cœur, dommage. Ce qui aurait été considéré jadis comme une faute professionnelle est excusé aujourd'hui.

Mon chef s'arrête sur l'album des photos souvenirs de la jolie Sophie.

C'est toi qui les as prises ? Oui ! Toutes ? Toutes ! Et bien ! Elles sont réussies ! Et celle-là ? Le chef me montre du doigt une photo de Sophie dénudée, croupe et seins à l'air. Provocante. Photo posée.

Bien sûr que je m'en souvenais !

Je n'avais pas rêvé.

C'était juste un instantané émouvant de Sophie en pleine forme, revêtue de ses seuls arguments décisifs.

Photo qui avait convaincu Thomas.

Grâce à nous !

Michael et moi avions organisé leur rencontre. J'en avais profité pour prendre ces clichés privés, comme le photographe officiel de leur union ; une preuve de notre réussite.

Faudrait-il se le reprocher ?

Faisant fi de la hiérarchie du huitième étage, mon chef appela Michael pour qu'il vienne commenter le dossier de Thomas, le mari.

— Faudra qu'il se bouge Michael, lui aussi !

J'approuvai.

Mais le chef ne se rend pas compte de notre stress et de notre surcharge de travail avec toutes ces femmes exigeantes, c'est 24/24 heures et 7/7 jours, dimanche et jours fériés, sans vacances ni repos compensateurs. Je fus tenté de crier « Au secours, chef » que je traduisis par un très calme :

— Il nous faudrait un peu d'aide, chef.

Le chef était suffisamment formé au management à la mode pour ne pas entendre nos appels désespérés. De plus, il devait être sourd de naissance, il n'entendait rien de rien à mes suppliques. À part exception.

C'était un moment d'exception.

— J'ai une surprise pour toi, Daniel.

C'était aussi pour me parler d'une surprise qu'il m'avait convoqué. Il n'y avait pas que de l'engueulade au programme ! Ouf !

La surprise c'est l'arrivée de Nathan, un petit jeune qui m'est attribué exclusivement : le stagiaire type, tout frais tout rose. Qu'est-ce qu'on dit ?

— Merci chef !

— Et puis ce n'est pas tout, mon cher Daniel, tu as l'autorisation de descendre sauver Sophie pour lui faire suivre la voie de l'honnêteté et de la sagesse. Tu as carte blanche. Tous les moyens seront bons. Michael descendra aussi avec toi pour réprimander Thomas, le sauver lui aussi, et faire à nouveau fusionner ce couple. Le Grand Patron tient à ce qu'il soit prolifique. Il a fixé l'objectif à quatre, sans compter les jumeaux éventuels.

Tu prends le temps d'instruire le jeune Nathan, et tu sautes dans la navette de ce week-end, pour une durée indéterminée. Décarcasse-toi un peu mon cher Daniel. Tu rêvasses trop en ce moment.

Je suis aux anges !

Le stagiaire est déjà là, disponible. Bingo !

Tombé du ciel.

C'est un jeunot tout frais et joufflu qui sort de la formation permanente et qui a l'obligation d'un stage pour valider son diplôme.

C'est à peine croyable, la générosité de mon chef qui insiste pour me faire bien comprendre mon rôle :

— Tu vas pouvoir lui transmettre tout ce que tu sais, mon cher Daniel, et après quoi tu prendras le temps de rencontrer sur Terre tes abonnées les plus menacées. Il assurera la permanence et la liaison avec toi.

En clair, il s'occupera des crasses, et moi j'aurai le rôle glorieux. Et en prime, un voyage professionnel et d'agrément bien mérité.

Michael et moi, en copains.

Sympa, le chef, finalement !

Nous décidâmes de baptiser mon stagiaire Nathan.

De retour à mon bureau suivi comme un petit chien par Nathan, je posai tout de suite une demande de deux places dans la navette pour descendre à Paris. Le temps presse. Il faut que tout soit réglé rapidement.

Puis, me tournant vers Nathan :

— Allons-y, pour la découverte des secrets du métier. Où travaillais-tu avant ?

Nathan était dans la chorale, un permanent de la chorale ; il était membre du chœur, soprano depuis toujours. Jamais soliste, quand même. Il ne faut pas exagérer ! Chanter toute la sainte journée c'est bien gentil, mais le répertoire n'est pas varié. Le temps ne passe pas vite.

Et il avait un problème.

Son chef de chorale ne pouvait pas le sentir : « il n'ouvrait pas assez grand la bouche » et son chef l'accusait de ne pas y mettre le cœur qu'il était convenu d'y mettre, et jusqu'à faire semblant de chanter.

— Enfin, pourtant, c'est intéressant la chorale ! En tout cas, c'est peinard.

Nathan avait eu un regain d'intérêt quand la chorale avait changé de répertoire et commencé à répéter les chants de l'apocalypse. Mais son enthousiasme était vite retombé, il avait compris que ça le menait trop loin. Et après, quel avenir après l'apocalypse ? Encore une reconversion à prévoir ! Non merci.

Alors que Nathan prenait quand même plaisir à ce répertoire de la fin des temps, tout avait à nouveau changé : plus d'apocalypse, plus de chant du jugement dernier, retour aux classiques chants de louanges et de grâces. La barbe intégriste intégrale assurée.

Il courrait le bruit d'un désaccord entre le Grand Patron et sa famille. La date de l'apocalypse avait été repoussée sine die. Le Fils aîné était parti de la réunion du conseil du mercredi matin, aimable, mais en rogne : toute sa soigneuse préparation des festivités du jugement dernier tombait à l'eau. Pour le moment.

C'est ça les entreprises familiales.

Il n'y a pas que des avantages. Faut s'y faire ! Daniel aussi avait étudié les consignes pour le jugement dernier. Mais la date avait été tenue secrète pour des raisons obscures, il faut bien le dire. Sur le principe, rien ne s'y opposait puisque c'était prévu, mais rien n'était au point pour le lancement de cette opération de prestige. Il manquait de juges, d'avocats, de greffiers, enfin de tout le petit personnel nécessaire pour garantir des jugements équitables et le bon déroulement de l'événement. Ça risquait de prendre un temps fou avec les files d'attente inévitables de péquins impatients d'accéder au Paradis. Cette trop longue théorie de pénitents de mauvaise humeur aurait fait désordre.

Nathan ne voulait pas s'encroûter dans la routine, utiliser un peu plus ses neurones et montrer ses autres qualités pour avoir enfin l'opportunité d'une carrière.

De plus, il ne supportait plus le costume de scène avec sa toile rêche qui grattait et ses ailes blanches trop longues à enfiler. Et le maquillage, un peu trop contraignant. Il avait demandé sa mutation pour convenance personnelle et avait obtenu un bon de formation au métier d'ange gardien. Génial. Son rêve.

Édifié par ces motivations, Daniel présenta le travail : en résumé, surveiller et épauler dans la joie et la bonne humeur de jolies humaines très attachantes, mais quelquefois collantes. Il faut noter aussi qu'il y en avait de moches qu'il ne fallait pas négliger non plus.

— Tu prendras connaissance des dossiers au fur et à mesure. Mais d'abord, je t'explique le cas de Sophie qui nous préoccupe en ce moment, je le prends comme exemple. Il est d'actualité.

Tu as sur la première page. Les informations de base : nom, prénoms, date de naissance, parents, un flash de personnalité. Elle a donc 30 ans à ce jour, des parents vivants, ni frère ni sœur. Elle est mariée à Thomas, 30 ans également.

À l'intérieur, tu trouves des détails plus confidentiels sur ses préférences, ses compétences, son évolution de ses débuts au présent. Son avenir ? Tu l'as en dernière page, mais tu évites de t'y référer, c'est trop tôt, tu vas rompre le charme de la suivre. Je peux te dire quand même que si tout se passe comme prévu tu la surveilles encore jusqu'à ses cent ans et il n'est pas dit que tu ne m'occuperas pas de ses quatre enfants et de ses seize petits enfants en prime. Tu vois, tu n'as pas intérêt à regarder les suites de l'histoire, tu risques de déprimer.

À ce jour, elle est mariée avec un homme prénommé Thomas, et a terminé (mal) sa lune de miel, puisqu'elle l'a quitté brutalement pour habiter avec une nouvelle amie de cœur, une drôle de fille, une dénommée Lili, qu'on soupçonne d'être sectaire, tu vois ce que je veux dire ? Pas certain !

Photos d'artiste de Sophie, seule.

Photos d'artiste de Lili, seule.

Photos de Sophie contre Lili, et réciproquement, Lili contre Sophie. Collées.

Courte vidéo de leur interaction. Splendide.

L'évidence.

— Les coquines, dit Nathan. Il suffit de regarder leurs petites gueules !

— Ne te fie pas aux apparences ! Tout n'est pas sur le visage ou les fesses de ces salopes.

— Elles sont ravissantes, cependant.

— Le terme sexy est plus approprié. Regarde aussi leurs culs et leurs seins. Tout pour plaire quoi !

— Je n'osais pas l'exprimer aussi précisément.

— Regarde bien ! Il va falloir que tu t'y fasses. Le sexe, Nathan, le sexe, il n'y a que ça de sérieux sur Terre, et pour toi maintenant, en conséquence !

À part l'informatique ?

— Depuis l'arrivée de Steve à la DGI (Direction Générale Informatique), il y a déjà un bout de temps, c'est la grande révolution. Finis les ordinateurs quantiques, finis les machines désuètes achetées au prix fort aux bons vendeurs de l'Empire du Milieu. Les vieux matériels avaient été recyclés et remplacés par des programmes cervicaux adaptés aux cerveaux hypertrophiés des résidents célestes.

C'était tout nouveau.

Merci, Steve, tu es génial.

En silence, je veux : et ça démarre !

J'y pense, et ça se fait… ça marche.

Sauf exception !

Par exemple, je pense à Sophie, elle apparaît à l'écran : elle est chez elle ou à son bureau. Je peux surveiller ce qu'elle fait. Tout ce qu'elle fait. Si je veux partager ses pensées, je fais l'effort de vouloir lui suggérer un conseil. Toi, pour débuter, tu appuieras ici sur ce bouton rose, par mesure de sécurité. Par exemple, je lui suggère « Prends garde à Lili, Sophie ». Elle peut intégrer d'être prudente : dans son cas, il s'agit de s'écarter de Lili parce qu'elle n'est pas mariée avec Lili, mais avec Thomas, et qu'elle n'a aucune raison de faire avec Lili ce qu'elle devrait faire avec Thomas. Lili a une très mauvaise influence sur elle. Si elle ne veut pas tenir compte de ton conseil, tu le sauras vite, elle t'enverra balader avec un juron. D'ailleurs, à cette suggestion, elle m'a déjà répondu « Va te faire voir » ! Ou l'équivalent.

Révise le dictionnaire des jurons.

En fait, elle avait répondu « Va te faire foutre » !

Attends-toi à tout avec les femmes.

— Ça me changera des agnelles béates de la chorale. Elles ont fini par m'agacer.

— Elles devaient être toutes douces. J'imagine.

— Pour des amours platoniques : oui ! Autrement des regards ambigus, des sourires charmants, des clins d'œil, des lèvres pincées en baisers de loin. Ça n'arrêtait pas, mais ça s'arrêtait là. Les matrones y veillaient.

— Bien innocent tout ça ?

— Coquin plutôt ! Maintenant, je vois que ce sera beaucoup plus hard. Ça me plaît bien.

— En fait, ça ne marche pas si facilement quand l'intéressée refuse le conseil et n'a plus confiance en nous. Tu as compris qu'il faut être très concentré sur son travail pour ne pas faire de bêtises. Si tu veux simplement observer, tu appelles ta protégée et tu penses surveillance seulement. Tu peux toujours faire toutes les manœuvres en double au clavier, mais c'est barbant. Exerçons-nous avec une autre de mes abonnées. Tiens !

Avec Caroline par exemple. C'est un sujet facile. Elle est très docile, une brave fille qui va nous rejoindre bientôt. Un triste accident ! Je serai très heureux à son arrivée ici.

— Elle paraît si jeune !

— Très jeune ! Malheureusement, je ne vais pas parvenir à lui éviter un nouvel accident : c'est son destin. Je ne peux plus rien faire pour elle, son crédit est épuisé. Elle a déjà eu droit à trois miracles.

— Elle est super mignonne. Qu'est-ce qu'elle fait en ce moment ? Elle dort ?

— Déplace la caméra.

Gros plan.

— Elle dort nue. Elle ne bouge pas.

— Presque pas !

Allongée sur son lit, une main entre ses cuisses, un doigt sur sa chatte, Caroline se caressait doucement.

Son petit doigt agile sur son petit bourgeon gonflé.

Daniel dirigea la caméra sur son visage, yeux fermés, un pouce dans la bouche. L'extase.

— Attends un peu qu'elle s'agite ! Tu verras. Mais nous devons la laisser tranquille. Regarde le voyant clignotant en haut de l'écran à droite, il est au vert, ou au jaune ou bien au rouge ? Regarde ! C'est….

— C'est clignotant jaune.

— Bravo ! Donc ce qu'elle fait, c'est pour son bien-être. C'est toléré. Si tu en discutes avec elle, tu comprendras que c'est sa méthode pour jouir de la vie.

Tu pourrais remonter dans son historique et tu verrais qu'elle se masturbe tranquillement tous les jours à la même heure, avant d'exploser bruyamment. Une de ses habitudes. Ce qui m'amène à te parler d'un point très important, peut-être le plus important. Sérieusement, Nathan. Je ne plaisante pas.

Daniel éleva la voix :

— L'heure ! Le jour ! L'année.

— Ne crie pas comme ça, Daniel !

— As-tu constaté l'écoulement du temps dans ton expérience de la chorale ? Comment le tempo des chants, les différentes mesures et la durée des morceaux participaient à l'écoulement du temps ? Certains morceaux te paraissaient courts, d'autre trop longs à force d'être ennuyeux. C'est un temps subjectif en réalité, noyé dans le rythme éthéré de notre espace-temps céleste.

Tu vas faire une merveilleuse expérience nouvelle : ton écoulement du temps sera perturbé par cette nouveauté.

Regarde cette montre en or que je porte toujours et cette simple horloge sur mon bureau. Et tous ces calendriers, ce sont les années terrestres, les mois terrestres, les jours de la semaine terrestre. Tu dois situer la position relative de tes abonnées qui vivent dans un lieu précis, à un moment précis et à un âge précis. Tu ne peux pas sortir de là. Tu devras en tenir compte pour chaque âme humaine dont tu as la charge. N'oublie jamais la seconde, la minute, l'heure du jour où elle se situe dans le temps. La nuit ou le jour, la saison de l'année. Le moment de sa vie.

— Incroyable !

— C'est la vraie nouveauté de ton poste. Tu y gagneras d'avoir les pieds dans le réel, les pieds sur Terre en somme.

— Ouais, cria-t-il, un brin excité.

Daniel le regarda, perplexe : il devina que ce jeune chanteur soprano ignare n'avait pas tout compris.


— Bon ! Nathan, je te propose un exercice. Tu vas me faire une rétrospective des quinze derniers jours de la vie de Sophie. Pour t'entraîner.

Nathan prit les manettes de l'appareil, choisit une date sur le calendrier perpétuel, se trompa deux fois d'année, et, enfin, fit défiler les bonnes images.

— Quand le voyant est vert, tu peux passer en accéléré. Ce n'est pas très intéressant. Tout est OK.

Ce que nous regardions, c'était la Sophie que je connaissais si bien. En pleine crise existentielle, maussade, agitée, en larmes pour un rien. Elle revenait de son travail, mais ne prenait pas la direction de son domicile.

Le voyant était souvent au jaune, statistiquement le dixième jaune du mois.

— C'est le voyant rouge qui va nous intéresser, dis-je à Nathan.

Il ne tarda pas à apparaître.

Sophie embrassa une jeune femme dans la rue. Voyant rouge (Dixième fois dans le mois. Rouge clignotant).

— Nous allons comprendre.

— Ça va être cochon ?

Les deux femmes rentrèrent dans un immeuble, troisième étage à droite. Bel appartement, soigneusement décoré. Elles enlevèrent leur manteau, s'embrassèrent à nouveau, s'étreignirent, se chuchotèrent quelques mots doux. Clignotant rouge sur l'écran.

— C'est la passion ?

— En effet, c'est une relation passionnée. Je n'en ai pas vu beaucoup comme celle-là. Tu as à ta gauche Sophie et à ta droite son amie Lili. Elles commencent toujours par se lécher, s'embrasser, puis se caresser. C'est Lili qui mène la danse. Elle va ensuite faire une pause, inviter Sophie à boire un apéritif, puis sans doute dîner et après l'entraîner dans son lit.

— Et ?

— Devine !

— J'sais pas.

— C'est le grand amour ! Alors Lili va s'amuser avec le corps de Sophie, abuser d'elle. Voyant rouge !

— Pourquoi le rouge ? C'est de l'amour ?

— D'après toi ?

— C'est quand même de l'amour, donc vert.

— Non, Nathan. Le rouge s'allume uniquement parce que Sophie trompe Thomas. Le voyant pourrait rester au vert ou au jaune si les circonstances étaient différentes. Mais dans notre cas, elle trompe son mari et nous avons horreur de ça. C'est donc rouge.

— On regarde la suite ?

— Non !

— Je suis déçu.

— Tu as compris l'essentiel. Tu pourras admirer la technique de Lili une autre fois. Dernières recommandations avant la pause mon cher Nathan : tu ranges bien tout le matériel à sa place, le dossier ouvert sur le rayonnage, les appareils dans leurs cases, tu les nettoies de temps en temps, il n'y a jamais de poussière, mais c'est la procédure, les crayons, les stylos, les gommes, les tampons à leur place, s'il te plaît. De l'ordre et de la méthode si tu veux être serein. Et ensuite seulement tu peux faire une petite pause et admirer le bleu du ciel, l'immeuble du siège dans la brume et rêvasser un peu, ou observer la technique des baisers ou des caresses de Lili si tu veux apprendre.

— J'ai tout mon temps.

— En effet !

— Il y aura de nombreuses autres à regarder.

— Pause, alors ?

— Pause bien méritée !

— D'ailleurs, nous avons de la visite à l'étage.

— Mince ! Un grand chef !

*

Le silence se fit sur le plateau.

La lumière baissa. Un peu.

Puis la lumière revint plus violente encore, un blanc super lumineux comme il n'en existe nulle part ailleurs. Évidemment.

Au bruit du flop flop des pieds nus dans des sandales d'uniforme en plastique écolo, nous avons vite compris que nous avions la visite d'un grand chef, un vieux, un très vieux, un séraphin pour le moins. En effet, il est en robe rouge avec six barrettes, symbole des six ailes qu'il ne met que pour les cérémonies officielles.

Je connaissais de vue ce super-chef, je savais qu'il travaille à la Direction du Personnel du siège. Toujours très aimable ma foi, il traverse le plateau à pas rapide, flop flop. Il est accompagné de deux gros sbires baraqués, pieds nus eux. Des gardes du corps sans doute.

Mes collègues plongent la tête sur leur écran tout en jetant un œil aux visiteurs. On entendrait une mouche voler s'il y avait des mouches dans ces bureaux. Certains prétendirent en avoir entendu une à ce moment-là.

Le super-chef toussote avant de nous donner le bonjour à la cantonade de la part du Grand Patron comme s'il voulait nous faire croire qu'il sortait à l'instant de son bureau. Le super-chef ne voulait pas nous déranger, il ne faisait que passer pour se diriger au fond du plateau vers le bureau de notre chef à nous qui, lui, s'était déjà éjecté de sa boîte comme un pantin à ressort pour accueillir son visiteur avec force courbettes. Les deux gros sbires pieds nus restèrent à la porte les bras croisés à nous regarder les regarder.

C'étaient donc des gardes du corps.

Nous n'avons jamais su de quoi le super-chef et notre chef discutèrent. Sans doute des effectifs parce que notre chef faisait partie du CSS (Conseil Syndical Suprême) en tant que représentant syndical encadrement. Ce n'est pas le plus remuant des cadres, mais certainement le mieux renseigné, vu son ancienneté, sur les revendications de ses collègues.

*

Avant de partir sur Terre, il nous fallait régler les problèmes administratifs : d'abord, passer à la comptabilité retirer l'argent liquide pour régler nos menus frais de déplacement, quelques liasses de billets chichement distribuées, puis se faire établir les différents faux documents indispensables : passeports, sauf-conduits, laissez-passer et autres pour franchir les frontières de notre espace.

Ces formalités bureaucratiques demandent de la disponibilité et beaucoup de temps pour les vérifications, les photos, les signatures, les autorisations. C'est une chose de dire « tu pars sur Terre » et une autre d'être effectivement prêt à partir.

Puis il fallait passer chez le costumier pour choisir nos vêtements de sortie, raisonnablement à la mode pour passer inaperçus dans une capitale : costume trois-pièces de businessman, chemise bleue et cravate club, chaussures de luxe, serviette en cuir, ordinateur et téléphone pour compléter l'équipement.

Un passage chez le coiffeur aussi pour effacer les traces d'auréoles et les paillettes dorées restes d'une fête.

Ainsi déguisés, Michael et moi, nous nous ressemblions étrangement, tous les deux blondinets, nous devions être frères, frères jumeaux peut-être, ou cousins.


Pour la réussite de notre mission, le plus important était de faire le point de nos relations, Sophie et moi, Michael et Thomas et de peaufiner notre stratégie.

J'avais observé le couple Sophie-Thomas dans l'intimité et avait été témoin de fessées mémorables. Thomas devait trouver ça agréable pour se stimuler au moment des préliminaires.

La première dérouillée sur les fesses de Sophie m'avait intrigué : Thomas basculait Sophie sur ses genoux, arrachait sa culotte et la fessait durement avec une seule main, l'autre pressait ses épaules pour la maintenir immobile. Sophie tentait de se libérer en tortillant ses fesses comme une folle et en criant, mais Thomas était le plus fort et continuait de plus belle.

Je ne voyais pas clairement l'intérêt de cet exercice pour atteindre leur objectif de procréation.

Bon, enfin ! Ce n'était que voyant jaune.

Puis, ce qui était exceptionnel devint une routine : fessée d'abord, demande de tendresse ensuite. Sophie n'appréciait pas, se cabrait, se braquait, refusait la tendresse dans ces conditions.

Il y eut une escalade, quelques scènes plus violentes ; Thomas frappa très fort. D'ailleurs, le voyant passa du jaune au rouge.

Sophie pleura longtemps, je me sentis inutile : réduit à un rôle d'observateur-voyeur : je ne pouvais rien faire de concret pour elle.

Sophie trouva toute seule une solution radicale : elle se réfugia chez des amis compatissants et ne revint pas au domicile conjugal. Je n'eus pas de mal à la retrouver. Je croyais qu'elle se cachait pour fuir Thomas. Mais pas que ! Elle passait de lit ami en lit ami, confondant homme et femme dans une sorte de frénésie de tendresse et de sexe.

Le traitement sauvage de Thomas l'avait réveillée.

Puis le hasard l'avait fait rencontrer Lili et, rapidement, elle logea chez elle et lui devint fidèle. C'était une orgie de baisers, de caresses, de frottements, de langues et de doigts intrusifs. D'amour encore.

Je suis habitué aux turpitudes des femmes entre elles, vous pensez bien ! Je les tolère quand elles sont sincères et ne déclenchent que le voyant jaune. Mais Sophie dépassait la mesure et approchait de la rupture définitive d'un projet de vie plutôt plon-plon avec Thomas.

Notre mission légitime était de raccorder Sophie et Thomas, dissuader Thomas de la fesser ou faire accepter à Sophie une pratique raisonnée et raisonnable de la fessée.

C'était une mission difficile.

Il y avait sûrement une solution.

Un compromis à faire accepter.

Mon ami Michael s'engagea envers moi à calmer Thomas en lui demandant d'aller plus doucement, plus progressivement, pour que Sophie y prenne goût, si jamais elle devait y prendre goût un jour.

Moi, je m'occuperai de Lili et la convaincrai de rompre cette relation scandaleuse avec Sophie.

De manière forte s'il le fallait.

La galère.

Je ne savais pas à quoi je m'engageais en descendant sur Terre. Michael non plus. Nous résolûmes d'être optimistes, certains de notre réussite : Michael calmerait la fureur de Thomas, et lui ferait jurer de ne plus fesser Sophie ; moi je reconduirai Sophie à son bercail conjugal comme une brebis égarée qu'elle était.

Il fallait à tout prix sortir Sophie des griffes de Lili.

C'était aussi l'avis de Nathan qui mit spontanément son incompétence à notre service.

— Ça va être coton, prévint-il.

Nathan semblait parler en connaissance de cause comme s'il maîtrisait parfaitement le dossier.

En fait, c'était le cas, il n'avait pas perdu son temps pendant nos préparatifs.

— As-tu visionné leurs rencontres ?

Évidemment !

Nathan avait attentivement observé leurs dernières rencontres, les avait comparées avec celles de cas similaires, curieux d'observer les étreintes des deux femmes et scandalisé de cet étalage impudique de nudité.

Il avait été édifié :

— De grandes amoureuses ! Tu vas avoir du mal à les séparer, mon cher Daniel, elles sont toujours collées. Voyant rouge en permanence.

— C'est un défi pour nous.

Nathan avait appris très vite, sans doute poussé par la curiosité de découvrir les modes de vie des femmes qu'il aurait à suivre à distance. Il savait apprécier finement les situations, qualité essentielle dans notre métier plein de subtilité.

Il nous surprit agréablement. Il nous fit, sans fioriture, un résumé de la situation. Lili avait détourné Sophie du droit chemin conjugal. De plus, pour aggraver leur cas, Nathan avait découvert que Lili était un pseudo, le pseudo d'une terreur, d'une diablesse qui avait pris le nom de guerre de Lili, singeant la célèbre Lilith.

Au fond, avec elle, nous étions en terrain connu sans avoir à subir les variations d'humeur d'une humaine ordinaire. Nous étions à armes égales Lili et moi. J'aimais ça et les chefs aimeraient ça : le combat des anges, le combat perpétuel entre le Bien et le Mal.

Daniel contre Lili.

« Tout contre. »

La formule est de Nathan.

Elle se révéla prémonitoire.


Michael se réjouissait d'affronter cette diablesse de Lili avec mon aide. C'était un combat à peu près à armes égales.

À deux contre une.

Il fallait bien ça pour vaincre une émule de Lilith, même dégénérée.

— Merci de me laisser ton splendide bureau, me dit Nathan à notre départ.

Je lui recommandai de bien en prendre soin, de l'entretenir, de surveiller qu'un intrus ne vienne pas chaparder un de mes bibelots. En effet, j'avais installé sur une commode Louis XIV et dans une bibliothèque ancienne, quelques bibelots de valeur offerts par des admiratrices en reconnaissance de mes services, des vases chinois époque Ming, de précieux chandeliers baroques, une collection de poteries aztèque et quelques petits dessins de maîtres de la Renaissance italienne.

— Ne t'inquiète pas, je suis très soigneux. Et j'adore ta décoration !

Nous fîmes nos adieux aux amis et nous partîmes très optimistes.

*

Nous eûmes besoin de repos après un voyage fatigant et un peu long à cause d'une bénigne panne de navette ; nos équipements sont robustes, mais usagés, d'une technologie ancienne, frappée d'obsolescence depuis longtemps.

Il nous a fallu attendre en orbite, dans des conditions de confort indignes, une navette de dépannage qui, nous l'avons appris par la suite, sortait à peine du garage et était destinée à la casse à brève échéance. Tout ça dans l'ignorance totale de notre situation et des délais d'attente. Pas un mot de l'équipage, pas une parole de réconfort. Déplorable.

Nous avons rempli la fiche qualité consciencieusement. C'était gratiné. Michael a été jusqu'à demander le remboursement de nos billets.

— Pour le budget du service !

Nous ne l'avons pas obtenu.

Pour récupérer du décalage spatio-temporel, nous nous sommes promenés dans la capitale.

Il faisait beau, un peu nuageux et chaud pour la saison. Nous aimons bien ces vieux bâtiments déglingués, et toute cette agitation de la vie d'une capitale : les sirènes de police et des pompiers, les ambulances, les cris des vendeurs à la sauvette, les explosions de violence des banlieusards ou des manifestants, les piétons impolis, les drogués agressifs, les clochards puants, les cyclistes effrontés, les patinettes acrobatiques, les bus poussifs et les voitures qui dégagent cette odeur de soufre que nous avions oubliée et que nous aimions bien malgré tout.

L'air du temps.

Nous nous sommes assis paisiblement à la terrasse d'un café pour apprécier le spectacle de la rue, le défilé des piétonnes « de plus en plus appétissantes », observa Michael.

— De plus en plus déshabillées, précisai-je !

Comme pour nous le confirmer, trois jeunes femmes en shorts serrés collés à la peau et chemisiers transparents s'installèrent près de nous, à grands raclements de chaises métalliques. Tout en papotant, elles nous observaient, curieuses et intéressées. Intriguées peut-être : chasseresses ou gibiers ?

— Ça promet, soupira Michael.

Nous étions devenus leur sujet de conversation. Nous étions un peu trop bien habillés, un peu trop voyants et un peu trop beaux dans ce quartier de tourisme sexuel. Les occasions de nous distraire ne nous manqueraient pas si nous en avions le temps. Et l'envie.

Michael ne put soutenir la pression de leurs regards et trouva un prétexte pour se défiler :

— Il faut que j'aille voir Thomas. Je disparais.

Il disparut.

Peut-être un peu vite pour une des femmes qui papotaient à côté de nous.

— As-tu vu le blondinet partir ? demanda-t-elle à sa voisine qui heureusement n'avait rien remarqué, trop occupée à me détailler, les yeux rivés sur moi.

Nous nous étions fait remarquer, ce qui est tout à fait contraire à nos consignes. J'étais gêné.

Je fis comme si de rien n'était, perdu dans la contemplation de la rue, je restai à écouter distraitement la conversation de mes voisines roulant sur le thème :

« comment garder un homme qui vous plaît » ? J'avais des choses intéressantes à leur dire, je fus tenté d'intervenir, je me retins, et me dispensa de me mêler à la conversation. Discrétion. Bon sang.

Le serveur vint encaisser.

— Je n'ai pas vu partir votre ami, observa-t-il sur le ton de la plaisanterie :

— Il a disparu, semble-t-il, lui répondis-je sur le même ton.

— Vraiment ?

Je profitai de ce contact humain fugace, mais sympathique pour demander :

— Au fait, savez-vous à quelle heure ouvre l'établissement voisin du vôtre, celui qu'on appelle le Caveau ?

— À partir de 22 heures.

Je réglai ma montre sur minuit : il fut minuit sans délai, et je disparus aussi de la terrasse du café.

*

Je savais que Lili avait l'habitude de fréquenter le Caveau, un endroit mal famé où je pourrais boire un coup (ou deux) en regardant le temps passé et les stripteaseuses de l'endroit. La concurrence rodait aussi, c'était un point de ralliement discret, si l'on peut dire, où nous pouvions passer des accords gagnants gagnants avec la concurrence, fructueux quelquefois, souvent coûteux et très éphémères.

Pour faire face aux faux frais, je venais avec une fortune en billets de cents.

Sur Terre, je pouvais être très riche : je jouais au tiercé et je ne perdais pas souvent. C'est un moyen de gagner sa vie quand on a une petite idée de l'avenir, et quelques informations clés. Quand le journal du lendemain est en notre possession la veille, et annonce à propos du tiercé (ou du loto) « encore un seul gagnant de X millions », vous pouvez être certains que très souvent c'est un de nous deux ou un de nos collègues qui abuse de la facilité d'un petit décalage temporel.

C'est le seul moyen de ne pas se contenter d'amour et d'eau fraîche parce que nos frais de déplacement ; l'argent des caisses noires principalement est chichement distribué par notre hiérarchie.

Donc j'étais riche.

Je me pointai au Caveau à minuit, seul et décidé à gagner. Je savais que je la reconnaîtrais facilement, je l'avais observée sur les vidéos avec Sophie. Plus souvent nue qu'habillée, il est vrai. Mais j'avais vu des gros plans de son visage et je ne pouvais pas me tromper.

Elle me plaisait déjà en vidéo, elle me plairait live…je ne fus pas déçu.

Je la trouvai au bar comme si elle m'attendait.

D'ailleurs, elle m'attendait.

Elle avait rendez-vous avec moi.

Sophie l'avait prévenue qu'un de ses amis voulait la rencontrer, pour discuter avec elle de leur relation et de sa rupture avec Thomas. Elle avait présenté le visiteur comme une sorte d'avocat international qui réglerait les formalités d'un divorce.

Nathan, s'était promu mon secrétaire, et avait été assez habile pour confirmer le rendez-vous avec elle, à minuit, au bar. Deux avocats Daniel Heaven et Michael Himmel.

J'y étais à l'heure, mais seul.

— Daniel Heaven ou Michael Himmel ? me dit-elle en me tendant la main. Vous êtes seul ?

— Daniel Heaven. C'est donc vous Lili !

— Pour vous servir. Votre charmant secrétaire à bien fait son travail. Il vous a fort bien décrit. Au-delà de mes espérances.

Elle m'embrassa sur la joue.

Je lui rendis son baiser.

Lili se comportait comme la patronne des lieux. Elle était d'ailleurs également propriétaire de l'immeuble et habitait dans les étages.

Lili tenait son quartier général au Caveau, établissement connu des initiés. Il avait l'aspect d'un commerce honnête, enfin de ceux qui paient toutes leurs taxes. C'était juste une cave voûtée, décorée a minima, une boîte normale où l'on rentrait discrètement après s'être présenté au guichet.

Pratique.

Je fis tout de suite le rapprochement avec les lieux que créaient les agents des différentes puissances occultes. Je me sentis tout de suite en insécurité et regrettai de ne pas être venu avec Michael.

Mais au fond, je ne risquais pas grand-chose ; peut-être, perdre l'argent que j'avais sur moi, mais l'argent ne m'intéresse pas, il est trop facile à gagner. Ce qui m'intéressait c'était, quel qu'en soit le prix, de sauver Sophie, de la faire revenir auprès de son mari.

Fessées ou pas.

Et Lili, celle qui se faisait appeler Lili était l'obstacle principal.

Ce séduisant obstacle, je l'avais en face de moi.

— Alors vous êtes un ami de Thomas ? me demanda-t-elle en forçant un peu sa voix.

— Et un conseiller de Sophie.

— Moi je suis la grande amie et la protectrice de Sophie, répondit Lili, avec une moue boudeuse. Vous voulez boire quelque chose, Daniel ?

En effet, je voulais boire.

N'importe quoi ferait l'affaire.

Lili me conduisit à une table un peu à l'écart et se dirigea vers le bar où officiait une femme à tête de truand qui lui glissa quelques mots à l'oreille.

À mon sujet évidemment.

C'était un encouragement à profiter d'un si beau mâle. C'est mon luxe avait répondu Lili.

J'ai l'oreille fine comme vous le constatez.

J'observai Lili de dos et découvris un modèle de femme souple et gracieuse qui ne faisait rien de particulier pour se mettre en valeur, mais qui était là, simplement présente. Et ça suffisait pour me séduire. Le balancement de ses hanches me donnait l'image même du vice le plus sensuel jamais vu ni approché. Une tentation permanente, une invitation à copuler en la prenant par surprise, la basculer ici sur une table ou agrippée au bar, ou coincée dans un recoin sombre de ce Caveau. Au choix.

Une diablesse ! Les jambes, les cuisses, les reins, le ventre, les seins, le corps somptueux d'une misérable et splendide diablesse.

Un corps de rêve, désirable.

Je respirai profondément.

Je savais que mon heure viendrait.

Je savais aussi que pour me débarrasser d'une tentation, il m'avait toujours semblé plus facile d'y céder. Mais, par prudence, je m'abstins cette fois-ci.

En attendant, j'enrageai de me retenir à ma chaise au lieu de la violenter.

Lili souriante, saluant et embrassant les habitués, revint tranquillement avec nos boissons : deux verres d'un liquide rose phosphorescent dégageant une vapeur jaunasse, bouillonnante, une odeur bizarre, peut-être soufrée. Jamais vue ni goûtée. À essayer en urgence, prétendit Lili les yeux fixés sur moi, un sourire de carnassier aux lèvres. J'étais vraiment la proie.

— Voilà, j'ai pris cette diablerie pour nous deux. À ta santé, beau Daniel !

Je bus une gorgée ; incapable de distinguer une boisson d'une autre, je la bus comme de l'eau pure.

— C'est super bon, appréciai-je.

Hypocrite.

— Cocktail original, spécialité du caveau !

Répondit-elle, professionnelle.

Puis, Lili resta silencieuse comme si elle prenait le temps de réfléchir avant de parler.

En tout cas, elle paraissait soucieuse.

J'observai son visage expressif, ses lèvres minces, ses yeux verts. Tout était à mon goût. Elle m'observait aussi, ou plutôt elle me dévisageait… Elle se décida :

— Alors, tu nous viens de je ne sais où, tu nous tombes dessus comme un parent de province pour nous faire la morale ! Tu nous surveilles, je n'aime pas trop. De quoi te mêles-tu ?

Je grognai avant de répondre à son insolence.

D'une traite :

— Je suis en quelque sorte le tuteur de Sophie, son protecteur et je suis devenu son conseiller matrimonial. Je me reproche d'avoir raté son mariage et…

Lili répliqua aussitôt :

— C'est plutôt elle qui l'a raté toute seule son mariage ; elle s'est bloquée sur les pratiques sados de son Thomas. C'est un taré, mais...

— C'est encore son mari !

— Son mari si tu veux.

— Il voulait seulement agrémenter ses préliminaires, fis-je sans grande conviction.

— Je vais te faire une confidence, mon cher Daniel. Moi aussi j'aime bien m'amuser avec mes amies et soigner mes préliminaires. Moi aussi, je fesse mes amantes, plutôt plus que moins. Et cette vicieuse de Sophie aime ça avec moi, mais pas avec Thomas.

C'est aussi simple que ça ! Va comprendre !

Bizarre, non ?

Je ne savais pas trier le vrai du faux dans ses propos de bistrot. Je répliquai, ironique :

— Elle aurait fait des progrès avec toi ?

— Moi, je suis une vraie perverse. Une perverse qualifiée en quelque sorte. Thomas n'est qu'un macho d'opérette. Un pauvre homme ordinaire, quoi !

Lili me prit la main, posa la sienne sur la mienne.

Elle me sourit.

Et bien, nous voilà sur la bonne voie.

Un grand gaillard nous interrompit :

— Excuse-moi Lili. Cassandra demande la clé du petit salon. Est-il libre ?

— Je l'ai réservé pour moi. Il sera libre en fin de soirée si tu veux bien. En attendant prenez le grand salon, la clé est au bar.

J'appris que Cassandra était son adjointe, son animatrice préférée et une de ses bonnes amies, une des meilleures.

La boisson aidant, Lili se laissa aller aux confidences : elle n'était que sergente recruteuse de la concurrence et voulait passer chef d'escouade, pour remplacer son chef. Être mieux payée de surcroît. Pour ça, une seule méthode, valable partout, c'est de se faire remarquer, se faire mousser par quelques actions d'éclat. La destruction d'un couple officiel en était une. Mais bof ! Circonvenir un agent de la concurrence est une autre possibilité plus intéressante, circonvenir deux agents serait encore mieux.

Je contre-attaquai avec fermeté.

— Lili, je te demande d'arrêter d'ensorceler Sophie. Je compte bien qu'elle retourne chez son mari. Quoiqu'il en coûte.

— Quoiqu'il en coûte ? Ou quoiqu'il t'en coûte ?

Sur le moment, je ne vis pas la subtilité.

Celle d'un marché possible.

Sans aucun doute.

Elle posa à nouveau sa main sur la mienne et cette fois me fit une caresse protectrice.

Pas désagréable ma foi.

— Mettons carte sur table mon petit Daniel. Sophie est à moi, je l'ai conquise de haute lutte, elle s'est débattue, elle m'a résisté, elle a lutté pour rester fidèle à son mari ; malgré tout, j'ai gagné, je l'ai gagnée, nous sommes comme mariées maintenant. Je l'ai goûtée, j'ai besoin d'elle, je l'apprécie. Il faudra me faire divorcer et un divorce, ça coûte cher.

Je trouvai la sauce un peu saumâtre. Alors que Sophie n'était même pas divorcée de Thomas, il fallait qu'elle divorce de Lili. J'avais affaire à un escroc. Que voulait-elle ? Combien voulait-elle ? Les indemnités de mon chef ne suffiraient pas ; il faudra que je puise dans ma cagnotte.

— Je te vois songeur, mon cher Daniel ! dit Lili avec un sourire angélique.

Je n'étais pas songeur, j'avais seulement l'esprit un peu embrouillé. Ce devait être la boisson !

— On le serait à moins. Divorcer de toi alors qu'elle n'est même pas divorcée de son authentique mari. C'est le monde à l'envers. Tu marches sur la tête.

— Pas encore. Je peux accepter toute offre raisonnable de rachat. Je t'avertis je suis très gourmande. Mettons cartes sur table. Combien ? Mais avant de me répondre, finis ta boisson.

J'avalai de travers le liquide insipide rose à vapeurs jaunasses.

— Écoute-moi, Daniel. Je sais très bien d'où tu viens, ainsi que ton copain Michael, d'une très lointaine province qui n'existe pas, et qui ignore les nouvelles modes et les nouveaux maîtres de Paris.

— Qu'importe ! Je suis ici pour régler cette affaire. Il n'y a rien de nouveau sous le soleil, ma chère Lili.

— Si, moi ! Et mes ambitions. Déjà, le Caveau est à moi. Il y aura d'autres lieux de rencontres. Je vais faire un tabac avec mes succursales. Sophie pourra me seconder dans mes commerces. Je ne lui ai pas encore proposé parce que j'ai deviné que tu voulais sauver son âme à tout prix. C'est aussi ce que Sophie m'a avoué en pleurnichant, dans un de ses moments de lucidité. Lucidité ou stupidité ? Elle veut reprendre ce qu'elle appelle son droit chemin et je l'en empêcherai jusqu'à ce que tu payes sa rançon au juste prix. Mais je t'avertis, Sophie est devenue gourmande de caresses, elle regrettera les miennes. Il faudra que son mari soit à la hauteur.

J'avais gagné.

Un peu trop rapidement.

Je confirmai :

— C'est vrai ! Je suis prêt à tout pour que Sophie retourne auprès de Thomas. Je vais faire le nécessaire pour ça. J'ai l'argent de la rançon.

— Tu me tentes avec ton fric, mon cher Daniel, en plus je te trouve très…

— Tu as besoin de quoi ?

— D'argent ! Beaucoup !

Je présentai ma liasse comme un acompte.

— C'est un début prouvant ma volonté d'aboutir, lui dis-je.

— J'attendais autre chose en plus.

Elle me prit les deux mains et les porta à sa bouche. Elle les embrassa.

— J'attendais… ton affection.

— Mon affection ? Comment peux-tu imaginer attendre mon affection ? J'aime toutes les âmes que je garde, mais toi je ne te garde pas. Sauf si tu me le demandes.

Ce n'était manifestement pas ce qu'elle voulait entendre. Elle précisa :

— Daniel, je te veux.

Je résistais plus qu'elle n'avait prévu à sa boisson droguée. Elle insista, elle me voulait malgré tout.

Elle força un peu sa chance :

— Suis-moi !

Elle me prit la main et me conduisit dans une petite pièce confortable, aménagée avec goût, manifestement réservée aux étreintes de passage : deux fauteuils, un divan, un miroir, quelques tableaux.

— Voici le petit salon.

Elle ferma la porte et tourna la clé.

— Asseyons-nous sur ce divan. Nous serons tranquilles pour discuter et voir ce que tu peux m'offrir.

Ce que je peux lui offrir ?

Ou ce qu'elle peut m'offrir ?

Elle me demanda doucement :

— Tu veux que je largue Sophie ?

— C'est l'idée générale. Je veux qu'elle retourne auprès de son mari ; c'est ma mission.

— Drôle de mission.

— Faire respecter son engagement matrimonial. C'est ma mission

— Autant remonter le temps !

— J'en suis capable.

Je me reprochai aussitôt cette énormité. Même si je pouvais le faire, si nécessaire.

— Je la relâcherai uniquement à mes conditions.

— Oui ?

— Voyons ce que tu peux m'offrir.

Elle se rapprocha de moi, tenta de s'asseoir sur mes genoux, y renonça, me prit par l'épaule et me susurra encore à l'oreille :

— Je te veux.

Je n'étais pas en possession de tous mes moyens. Elle m'avait drogué, et je ne me sentais bon à rien, enfermé avec elle dans ce petit salon, avachi sur ce canapé qui servait aux ébats de clients éméchés avec les hôtesses du Caveau, cette Cassandra et les autres. Ça me dégoûtait de sentir ces transpirations refroidies, ces odeurs douteuses, témoins de récentes débauches.

Trop incommodé, je n'étais pas capable de discuter de quoi que ce soit. Je sortis une autre liasse de billets.

— Voilà pour toi.

— Merci mon prince.

Lili dut se méprendre sur mes intentions, je ne demandais pas de faveur personnelle. Pas encore !

Elle changea d'attitude, elle fit des efforts pour être encore plus agréable, elle m'embrassa avec fougue.

— C'est un beau cadeau. Merci. Tu vas voir ce que je te propose.

Elle se déshabilla, et une fois presque nue à part un minuscule string rouge et ses bijoux, se tourna et retourna devant moi pour que je puisse apprécier sa plastique. Je savais qu'elle était irréprochable. Ce que j'avais deviné se révéla beaucoup plus sexy qu'imaginé.

Voilà ce qu'elle pouvait m'offrir, mais ce n'était pas encore d'actualité. Hélas !

Je ne pouvais rien pour elle.

— Je ne suis capable de rien de bon ce soir, lui dis-je. Le décalage horaire.

Il a bon dos celui-là. Elle rigola.

— Caresse-moi, alors !

— Lili, je ne dois pas.

— Alors, pourquoi tout cet argent ?

— C'est pour la liberté de Sophie.

— Merde alors, tu as de la suite dans les idées. Moi qui voulais t'être agréable avec un petit câlin.

— Je regrette, c'est ma mission.

Lili essaya une autre approche de séduction en se frottant contre moi.

— Alors je ne te fais rien ?

— Si ! Je ressens du désir pour toi.

— Et tu t'arrêtes là ? Caresse-moi.

Je ne savais quoi répondre à ses demandes réitérées. Lili me plaisait. C'est un fait, elle me plaisait, mais je ne pouvais rien faire sans avoir obtenu le feu vert de ma hiérarchie ou, au moins, atteint l'objectif de ma mission.

Et je n'avais ni l'un ni l'autre.

Lili continuait ses manœuvres sans se décourager. Je la voyais se trémousser, se caresser, faire toutes les simagrées d'un simulacre d'acte sexuel, celui qu'elle voulait entreprendre avec moi et que je lui refusais sans qu'elle en comprenne la raison.

Je pris mon courage à deux mains et avec ces deux mains je lui entourai les hanches et lui caressa les fesses.

— Lili arrête, je t'en supplie. Libère Sophie et je pourrai te récompenser.

— Tu meurs d'envie.

En effet.

Pour un peu, je lui cédais.

Elle tenta de défaire ma ceinture, mais je l'en empêchai. Elle me cracha au visage :

— Connard d'hypocrite. Tu ne sais pas ce que tu perds !

— Que si !

Et comment !

Je perdais une si belle occasion.

— Lili ?

— Oui ?

— Tu m'en veux ?

— Oui ! Tu me le paieras !

J'en étais certain.

Je paierai cette injure à sa beauté.

Elle s'écarta de moi et me dit :

— Je serai à toi quand tu le voudras.

Je la regardai, désolé de cette occasion ratée. En me voyant si triste, elle se calma et exposa sa nouvelle demande.

C'était simple !

Elle voulait plus d'argent, au moins autant.

Et elle voulait plus que l'argent : nous.

Je lui plaisais et Michael lui plairait certainement s'il était bâti comme moi. Nous lui plairions. Non pas l'un de nous deux, mais tous les deux, tellement mimi tous les deux dans nos rôles de Sainte Nitouche. Et pour elle, fricoter avec deux gardiens c'est leur faire baisser la garde, prendre son plaisir au passage, et l'occasion de se faire mousser auprès de la hiérarchie du mal !

Elle nous voulait tous les deux dans son lit.

C'était son exigence. Elle précisa :

— Donnant donnant, je vous rends Sophie contre vous deux. Vous deux, une nuit, une seule. Vous y vivrez une expérience agréable dans votre éternité bienheureuse.

Tu parles ! Pour gagner du temps, j'affirmai :

— Je dois consulter Michael.

— C'est à prendre ou à laisser ! Ma proposition est claire : premièrement, je veux une autre liasse aussi épaisse, et deuxièmement, je vous veux tous les deux à ma disposition une nuit entière. C'est plus par curiosité que pour le fun. Et l'affaire sera close. Je libère Sophie et elle sera à Thomas pour toujours. Ma seule consolation est de la lui rendre plus expérimentée.

Lili, se doutant bien de notre relative incompétence, me fit la liste de ce dont nous devions nous munir pour sa nuit. Elle me demanda de nous rendre disponibles dès le lendemain soir.

— Disons à partir de 22 heures au Caveau. Je vous libère au petit jour. Nous prendrons le grand salon. Alcools à volonté. J'inviterai Sophie à se joindre à nous ; nous nous marierons une dernière fois, vous serez nos témoins. Elle n'oubliera pas son aventure avec moi. Si notre amour n'a plus d'avenir, tant pis pour elle ! Je vous la livrerai, vous lui ferez du bien. Il faut bien qu'elle se réhabitue aux hommes. Ce sera cool avec vous.

Je n'étais pas d'accord sur ce dernier point.

— Si tu as peur d'être reconnu, je te fournirai des masques de carnaval. Ça te va ?

— Pourquoi pas ?

— Sophie tient absolument à un dernier plan à trois ou quatre, avant de reprendre la vie conjugale.

— Des masques pour tous, alors !

Lili m'embrassa tendrement pour sceller notre accord. Je la serrai contre moi et l'embrassai en retour, plein d'espoir dans la réussite de notre mission.

Je bandai à nouveau.

Elle me le fit remarquer en plaisantant.

— Hypocrite.

*

Je communiquai à Michael les exigences de Lili. Cette perspective le réjouit. De plus, ça tombait bien il avait gagné au tiercé, et disposait de la somme demandée.

Nous discutâmes une bonne heure des à-côtés et décidâmes de notre stratégie. C'était simple, il nous fallait accepter en tout point les caprices de Lili.

Michael se chargea volontiers des achats nécessaires à notre rendez-vous.

Prudent, je contactai ma hiérarchie pour lui faire part de notre plan. Mon chef me rappela notre objectif et me précisa l'attitude que nous devions adopter. Tant pis pour les dégâts collatéraux : la perte de nos virginités ? Elles ne nous servaient pas à grand-chose. Et puis, ça nous fera une expérience. Le partage de Sophie ? Encore une expérience intéressante. À vrai dire, l'accord de mon chef pour ce contrat se révéla plus facile que je ne l'avais prévu. Le salut de cette abonnée n'avait pas de prix. Évidemment.

À l'heure dite, nous étions masqués.

Lili et Sophie aussi.

Lili est une séductrice en diable. Ça sautait aux yeux. Elle déployait tous ses atouts comme s'il était besoin de nous séduire. Nous l'étions déjà.

Nous étions éblouis.

Nous trinquâmes à nos santés avec un verre stimulant de Châteauneuf, accompagné de la conversation que nous croyions ordinaire dans ces circonstances. En évitant tout sujet conflictuel.

Sophie échangeait avec Lili des petits mots d'amour, des paroles légères, des murmures, des serments innocents. Elle se laissait dévêtir par Lili.

Nous étions-nous sans doute un peu passifs, n'osant pas intervenir dans leurs jeux.

Lili avait trop chaud « c'est le vin » supposa-t-elle. Elle nous demanda de la débarrasser de ses secondes peaux.

Nous la dépouillâmes, arrachant un à un ses vêtements, d'abord un pantalon en cuir noir collant comme une combinaison de plongée dont elle nous laissa tirer chaque jambe, sans nous aider. Puis elle bascula son pull par-dessus sa tête, laissant gicler des seins fermes, pointes durcies relevées. Elle garda juste son petit string rouge. Je rangeai soigneusement ses dépouilles sur le dossier d'un fauteuil.

Elle se dressa sur la pointe des pieds, fit quelques mouvements de bras et de jambes, en honnête stripteaseuse, mais sans plus.

Sophie s'était attaquée à une bouteille de whisky, manifestement avec l'intention de se souler. Lili lui arracha des mains, la gifla :

— Arrête de boire, tu ne vas pas apprécier ces deux messieurs qui te veulent.

Sophie ne répondit pas.

Lilli voulut la punir et nous demanda de la fesser.

Michael s'en chargea. Elle gémit faiblement.

Sophie en demandait un peu plus.

— Je m'occupe de toi, lui murmura Lili. Ces messieurs te tiendront chaud après moi. C'est ce que tu veux, non ?

Nous les laissâmes s'arranger entre elles. Sophie n'était plus lucide, et tenait des propos incohérents, assurant Lili de son amour éternel.

Elle reçut deux gifles bruyantes.

— Ce n'est plus d'actualité, mon amour.

— Je ne veux plus d'hommes.

Et quelques autres échanges du même tabac. Ce qui ne me rassurait pas.

Lili fit de son mieux pour faire jouir son amie.

Nous appréciâmes sa technicité.

Sophie s'endormit sur le canapé.

Je proposai à Lili de laisser Sophie tranquillement se réveiller, car je n'avais pas l'intention d'en profiter dans ces conditions. Michael non plus.

Lilli comprenait notre point de vue.

— Pense plutôt à toi, Lili, nous sommes ici pour toi avant tout.

Elle ne pouvait qu'être d'accord.

— Tant pis pour cette conne !

Lili se tourna vers nous.

Elle était bien une femme comme le décrit le manuel d'instruction, avec tous ses attributs attirants : la chevelure épaisse, les seins, la taille, la croupe, la toison, le sexe, les fesses, les cuisses, les jambes, les pieds. Elle dégageait une vitalité étonnante, une bestialité femelle de séductrice.

Et une odeur ! De fauve parfumé.

Elle avait plus de présence que sur nos vidéos de contrôle. Autrement belle que les croquis d'étude de nos livres de travail. Comme si nous en avions douté.

Agréable à regarder, elle donnait une forte envie de toucher, de caresser sa chair brune, lisse, un peu grasse, mais souple au doigté. Nous étions debout autour d'elle, assez proches pour sentir son parfum humide, poivré et soufré, dangereux à respirer.

Elle se défit de son string :

— « La très chère était nue……elle n'avait gardé que ses bijoux sonores ».

Je lui détachais son collier, elle enleva ses boucles d'oreilles, sa montre et son bracelet, ses bagues.

Il fallait qu'elle soit totalement nue pour nous.

Elle nous indiqua que nous pouvions commencer à la caresser. Doucement ! les caresses faisaient partie obligatoirement du contrat.

Elle nous embrassa l'un après l'autre. Implorante.

Michael se plaça devant elle, moi derrière ; nous commençâmes de longues caresses, lui sur le visage, moi sur les seins en me serrant fort contre son dos.

Je lui suçais les épaules et les oreilles, Michael lui mordillait la pointe des seins. En réponse, elle roucoula.

Sa peau avait un drôle de goût, un parfum de cendres et de sueur. Nous fîmes avec.

Elle exigea que nous continuions à la serrer de très près, prise en sandwich.

— Frottez-vous, mes petits pédés.

J'aurai dû réagir violemment à cette contrevérité manifeste ! Mais je ne cherchais pas le conflit tant que l'affaire n'était pas dénouée. À quoi bon ?

Nous avons fait tout ce qu'il est nécessaire de faire pour le plaisir de Lili et le nôtre : je ne m'attarderai pas à vous décrire les détails de tous les gestes que nous considérions généralement comme obscènes, dans notre univers aseptisé. Il vous suffit d'imaginer toutes les privautés que vous pourriez faire à une femme sauvage. Et même les privautés que vous n'avez jamais osées.

Nous en avons eu pour notre argent.

Paradoxalement, cette expérience nous enrichissait.

Nous abusâmes d'elle avec une très grande douceur et nous le fîmes, j'ose l'affirmer, avec infiniment d'amour. Lili le ressentit, j'en suis certain, et cela contribua certainement à son futur salut. Cette sauvage n'aurait jamais cru que des êtres comme nous puissent l'aimer pour elle-même, aussi coupable fût-elle.

Je pense qu'elle en fut troublée.

Je le découvris beaucoup plus tard : elle me l'avoua au cours de nos rencontres dans les temps futurs où elle se livra à moi.

À moi seul.

Par ailleurs, techniquement, nous n'étions pas à la hauteur des hommes décrits dans les manuels d'instruction, loin de leur brutalité, de leur férocité à copuler et à procréer. Lili le savait et prudemment, elle nous avait fait acheter des aides utiles pour remplacer nos organes peu entraînés : quelques artifices et de petits objets bien pratiques. Je lui en fus reconnaissant. Éternellement. De plus, nous avons pu tenir toute la nuit un rythme endiablé, sans nous fatiguer.

À certains moments, Lili nous parut un peu timorée, dépassée par son succès auprès de nous, presque humble devant notre ardeur et notre ambition à satisfaire tous ses caprices.

Après tout, il fallait bien la récompenser par quelques instants de jouissance bestiale. Et bruyante.

Elle cria même qu'elle nous aimait, aveu dont nous n'avions aucun usage.

Amour ! Amour toujours !

Elle me sembla sur la bonne voie de sa rédemption. Comme chacun sait, le salut est dans l'amour inconditionnel.

J'eus la faiblesse de le lui dire.

Ma remarque déclencha chez elle un rire satanique, suivi d'une crise de larmes, les pleurs du désespoir.

Inexplicables.

Elle transpirait. Elle suintait de tous ses orifices un jus odorant. Elle aurait mouillé une serviette de bain. La sécher fut l'occasion de nouvelles caresses intrusives. Lili « crevait de soif ». Nous la fîmes boire quelques verres de Châteauneuf du Pape ; elle retrouva vite sa bonne humeur. J'avais prévu quatre bouteilles et je craignais d'être un peu juste.

La reprise de nos ébats fut rapide.

Michael déclencha un épisode de violence ; il voulait appliquer à la lettre les consignes du manuel « Comment calmer une rebelle à coups de fouet ». Au bout du trentième coup, elle cessa de hurler, complètement vaincue, le dos déchiré. Pour ma part, je lui administrai dix autres coups sur la partie tendre de ses cuisses. À l'intérieur, genoux bien écartés.

Puis quelques intrusions contre nature du manche du fouet la calmèrent complètement. Elle atteignit une sorte de calme serein, dû à la satiété sans doute.

Pendant toute cette nuit de débauche, notre intention sincère était de donner un peu de plaisir à cette âme damnée. Le résultat dépassa nos espérances. Au petit jour, elle était comblée. Nous en avions la certitude. Elle nous remercia, un aveu sur les lèvres, « c'était mieux qu'avec mes habitués ».

Nous l'embrassâmes et « au revoir, à bientôt ». Cet « au revoir » ne se réalisa que pour moi.

Quant à Sophie, nous eûmes le regret de ne pas y avoir touché, mais tant pis pour elle, elle n'avait eu que ce qu'elle méritait. Encore endormie, nous la déposâmes chez son mari.

*

— Thomas, j'ai mérité une grosse fessée, furent les premiers mots de Sophie quand elle reprit ses esprits.

— Je ne te fesserai que si tu me le demandes, répondit Thomas.

— D'accord, maintenant alors !

Il y eut un long baiser suivi de caresses et d'une douce fessée.

*

Michaël eut beaucoup de mal à modérer Thomas. Il dut intervenir en tant qu'ami du couple pour quelques cours particuliers. Il joua aussi au troisième ce qui ne lui déplut pas du tout ; il faut dire que Sophie appréciait sa présence. Elle avait été bien éduquée par Lili. Ce fut au tour de Thomas d'être éduqué par Michael.

*

Mon chef m'avait suggéré de maintenir une relation étroite avec Lili puisque le premier pas avait été fait et que cela ne se passait pas mal du tout entre nous. Autant investir.

J'avais un autre contrat à négocier avec elle.

Je vins seul, bien décidé à profiter de quelques avantages personnels.

Lili devait travailler pour nous en nous informant des manigances de ses collègues et de ses chefs diablotins et désigner nos ressortissants les plus fragiles.

Évidemment, c'était lui demander de jouer double jeu et, aussi évidemment, d'être rémunérée pour ce service. Elle accepta le principe. Il y avait de nombreux points de détails à préciser concernant nos contacts, ainsi que le suivi que je devais assurer.

J'avais la conviction que ce n'était pas seulement pour l'argent, mais que je l'intéressais pour moi-même : mon amitié la flattait. Elle avait pressenti que j'étais sincère et qu'une relation à long terme était envisageable.

J'avais également démontré que mes performances étaient honnêtes et pouvaient la satisfaire. Mais pour l'amour toujours, on verrait. « Pourtant l'amour… »

L'affaire fut conclue au lit par une série de galipettes très élaborées : dessus, dessous, en travers, devant, derrière, là où je pouvais trouver mon bonheur et le sien. Le rêve. Je réussis à la combler.

Je pris même un petit abonnement, un trop court temps supplémentaire alors que Michael était déjà rentré.

Souvent, les meilleures choses ont une fin, surtout sur Terre : je dus partir. En effet, Nathan m'avait communiqué qu'un retour rapide serait apprécié par mon chef. Il s'était bien gardé de lui communiquer des extraits de la vidéosurveillance de Lili et moi.

— Tu progresses, mon cher Daniel, tu deviens assez bon. C'est un spectacle super.

J'assurai Lili de mon amitié et plus, à la demande, elle m'assura de la sienne : elle attendrait mon retour prochain ; elle patienterait en se contentant d'une liaison par télépathie si je voulais bien la suivre comme une de mes abonnées traditionnelles.

— Mais ça ne me suffira pas ! Tu me vois te faire l'amour à distance ?

— Ce n'est pas pleinement satisfaisant. J'en ai bien conscience. L'essentiel est que tu rejoignes notre cause. C'est une sorte d'assurance-vie pour ton avenir.

— Bof mon avenir ? Soit ! Dans l'éternité ? Ici, je veux m'amuser à mon gré. Je veux profiter de ton argent, de tes conseils et m'éclater avec les hommes et avec les femmes. Je serai veuve de toi jusqu'à ce que tu reviennes. Je te reprends si tu ressuscites. C'est promis.

Amitié ? Désir ? Plaisir ? Amour ?

— Parce que tu m'... ?

Lili ne se prononça pas.

Je pris la navette de retour. Tristement. Daniel réveille-toi ! Tu as sauvé Sophie.

Je retrouvai mon agréable bureau.

Pour rédiger mon rapport de mission.

Mes conquêtes imaginaires.

Tristement.

**Affaire Sophie-Thomas**

**Rapport d'activité de Daniel et Michael**

*Nous nous sommes rendus sur réquisition de l'autorité supérieure auprès des époux Sophie et Thomas séparés de fait par l'intervention de la démone qui se fait appeler Lili.*

*Après avoir pris contact avec les intéressés et recueilli leurs témoignages, en particulier celui de la dénommée Lili qui nous a confié spontanément n'avoir rien entrepris de définitif avec l'épouse Sophie. Qu'elle ne lui a fait subir aucune violence, et l'a détournée de ses stricts devoirs conjugaux sans exercer une quelconque contrainte !*

*Devant de telles contrevérités et pour lui faire avouer ses forfaits, nous avons procédé à un interrogatoire musclé de la dénommée Lili.*

*Après l'avoir dénudée, nous l'avons proprement et solidement attachée par les quatre membres aux quatre pieds de son lit, les chevilles serrées fortement et les bras en extension attachés par les poignets, avec des sangles en cuir de vache achetées à cet effet.*

*Nous avons pu constater que c'est un démon de sexe féminin et, à ce titre, d'une dangerosité extrême. Nous avons découvert un sexe charnu, orné de grandes lèvres débordantes et doté d'un long bouton très réactif.*

*Nous l'avons travaillée aux pinces à linge, outils choisis pour la modicité de leur coût et la simplicité de leur mise en œuvre. La démone a réagi à leurs morsures en s'agitant en tous sens au risque de casser les sangles de cuir, ce qui eut été dommageable.*

*Alors, nous avons badigeonné la dénommée Lili d'une huile urticante spéciale en insistant sur les seins et le sexe de la démone. Son état de chaleur était tel qu'elle se mit à exhaler des vapeurs infectes.*

*Comme elle devenait bruyante, nous l'avons étroitement bâillonnée et sévèrement giflée.*

*Pour la calmer complètement, nous avons introduit aux endroits prévus à cet effet deux godemichets en plastique dur que nous avons agités de haut en bas pour atteindre ses profondeurs.*

*Après l'orgasme, la coupable déclara être une envoyée spéciale de la grande démone Lilith sa maîtresse, de laquelle elle relève directement.*

*Elle nous fit des aveux complets, après ces simulacres de viol. Il ressort que la coupable n'en est pas à son premier détournement de femmes mariées. Nous prévoyons un rapport spécial détaillant les sévices subis par ses nombreuses victimes.*

*En ce qui concerne plus précisément l'épouse Sophie, la démone Lili a avoué l'avoir traînée par contrainte dans son repaire et lui avoir promis des sentiments éternels. Elle lui a fait subir des pratiques lesbiennes que réprouve intimement l'épouse Sophie.*

*Dernièrement, la démone a voulu entraîner l'épouse Sophie dans une dernière bacchanale en nous impliquant dans cette ignominie. Notre sagacité lui a permis d'éviter cette cuisante humiliation. Nous avons pu rendre l'épouse Sophie à son mari légitime Thomas sans qu'elle ait subi d'autres profanations de son intimité.*

*Devant ces faits accablants, nous avons, sans appel, jugé coupable la dénommée Lili et à ce titre, nous l'avons condamnée à trente coups de fouet.*

*Cette sentence a été exécutée immédiatement.*

*Comme la condamnée proférait des injures sacrilèges, nous lui avons administré dix coups supplémentaires qui eurent le mérite de l'étourdir.*

*Pour nous faire arrêter la flagellation, elle braila une formule de repentir dont nous ne fûmes pas dupes.*

*Nous aurions souhaité prolonger le supplice de cette démone qui méritait un traitement plus sévère, mais nous avons trouvé assez subtil de la conserver vivante et en bon état et préserver nos futures relations pour la rendre utile à notre cause.*

*Nous recommandons d'exploiter son caractère vénal pour en faire sur le long terme un agent double à notre solde.*

*Nous soumettons à votre approbation un projet de contrat que nous vous suggérons de lui proposer.*

*Signé — Daniel et Michael.*


*Pour mémoire :*

*Ci-jointes, les factures des lanières de serrage, des deux fouets en cuir de vache premier choix, des deux godemichés de luxe, de la balle de silicone écologique, du lot de pinces à linge (en promotion), de l'huile urticante, des préservatifs de la marque septième ciel, des menottes à usage unique, de l'entonnoir, des quatre litres de vin de Châteauneuf du Pape, cuvée spéciale du Saint-Père, pour un total de XXX – (chiffre confidentiel).*

Une fortune, je ne rêve pas !

# 2

# Mission délicate

Qui suis-je ?

Qui sommes-nous ? Moi Daniel ?

Et mon ami Michael ?

Qui sommes-nous ? Qui sommes-nous vos anges gardiens ? Vous vous faites souvent de fausses idées sur ce que nous sommes vraiment !

Certains parmi vous ont des idées assez folkloriques, issues des fantasmes des temps anciens, certains nous voient avec des trompettes pour sonner le réveil des morts et la fin des temps. Il y a un fond de vérité quand on connaît un peu l'avenir, mais c'est un vrai secret dont la connaissance est réservée à une caste très select dont ni moi ni Michael ne font partie.

Les postes de trompette du jugement dernier sont les plus recherchés ; ce sont de grandes trompettes, un peu volumineuses, mais les trompettistes n'en foutent pas lourd : ils s'entraînent sans arrêt pour cette seule cérémonie, je ne vous dis pas, c'est une vocation ; ce sont souvent des représentants syndicaux qui ont obtenu ces sinécures-là. Mais ce n'est pas le moment de vous en parler, en tout cas c'est très prématuré.

N'anticipons pas !

Et vivons l'éternité !

Moi et Michael n'avons qu'une petite trompette bien modeste, mais facile à utiliser ; ce sont des trompettes de loisir pour des musiciens amateurs comme nous jouant des airs populaires de temps en temps. Si vous voulez, nous pouvons vous faire une démonstration.

Bon ! Ce sera pour un peu plus tard.

J'ai encore d'autres histoires à vous raconter avant que le temps ne s'arrête pour tout le monde et que vous passiez en mode éternité, vous aussi.

Certains, parmi vous, nous voient avec de petites ailes aux fesses ou dans le dos : une, deux ou trois paires d'ailes, selon le niveau hiérarchique, un peu comme les grades cousus sur les vareuses des militaires. N'importe quoi ! En effet, j'ai mes ailes personnelles, je ne vous raconte pas de blagues, mais je ne les sors que pour les cérémonies officielles, uniquement. En temps ordinaire, elles restent suspendues dans mon placard ; elles ne sont ni fluo ni clignotantes, elles sont blanches, blanches d'un blanc gris discret et de bon goût, cela va de soi !

Certains parmi vous croient que nous sommes de purs esprits. Allez savoir ! Ce n'est pas tout à fait faux, mais ce n'est pas notre vécu quotidien quand même. Si nous étions de purs esprits comment pourrions-nous intervenir auprès de nos abonnées préférées, leur apparaître et disparaître, nous déplacer sur Terre ?

Quand nous intervenons, nous sommes plutôt discrets, pas très différents physiquement de vous autres les humains ; je vous mets au défi de nous distinguer dans la masse quand nous nous incarnons. Plus doués que vous certes, plus savants peut-être, et capables de nous déplacer très rapidement en fonction des urgences de nos ressortissants abonnés au service, mais pas très différents de vous et normaux à tout point de vue.

À la Renaissance, les artistes peintres ou sculpteurs nous ont collé une image fausse ; à leur décharge, ils n'avaient pas encore d'appareil photo ni de caméra numérique. Alors c'était du grand n'importe quoi ! Des représentations très imaginatives certes, mais folkloriques. Nous ne nous reconnaissons pas dans ces images d'Épinal édulcorées, nos abonnées non plus.

J'écris « abonnées » au pluriel. Hélas ! Avec l'augmentation de la population de votre foutue planète, nous ne sommes pas assez nombreux pour faire face à la demande. Au tout début des temps, nous n'avions qu'un seul être à suivre. C'était peinard ! Le bon vieux temps : la belle époque du travail soigné : un ange dédié à un seul être humain. Parfait ! Nous avions des résultats.

Mais l'évolution aidant, le ratio est plutôt d'un ange gardien pour cent abonnées. Dans le lot, il y en a quatre-vingt-dix qui n'ont pas besoin de nous, qui ne savent même pas que nous existons, qui ne pensent à rien, qui ne croient à rien et qui n'ont aucune idée de leur avenir dans l'éternité : donc ils ne font jamais appel à nous. Je serais cynique si j'écrivais « heureusement ». Il en reste quand même dix qui comptent sur nous pour les conseiller de temps en temps. C'est notre grande activité, et ça marche. Généralement, nous faisons ça bien, à la satisfaction de notre hiérarchie.

Pensez à ma dernière mission auprès de Sophie !

De Sophie et de Thomas !

Objectif atteint : Sophie sauvée.

J'en ai fait le rapport.

Brillant résultat, n'est-ce pas ?

J'ai eu les félicitations de mon chef et j'attends une promotion méritée en conséquence. Ça pourra tarder un peu, nous avons tout le temps devant nous. Pas Sophie évidemment, mais moi et mon collègue et ami Michael, assurément.

Certains, parmi vous, pensent que nous sommes asexués, ni hommes ni femmes, un troisième genre imprécis, ni l'un ni l'autre, ni les deux en même temps. Enfin, vous nous prenez pour des idiots ? Vous nous revêtez d'une chemise de nuit blanche, immaculée, un peu grande, un peu floue pour cacher la réalité triviale.

Toujours cette influence néfaste des artistes loufoques de la Renaissance !

J'ai bien prouvé à Lili que j'étais un homme. Un homme tout à fait homme avec tous ses attributs.

Michael aussi. J'ai le souvenir d'un plan à trois qui avait beaucoup plu à Lili, même si elle nous traitait de pédés.

Je vous concède que nous avons des femmes parmi nous : elles interviennent dans certains cas pour conseiller subtilement certains hommes sensibles.

Et ce sont des femmes très habiles.

Il faut bien l'admettre.

Pour notre part, moi et mon ami Michael sommes des hommes sans contestation possible. Je suis spécialisé dans le suivi des humains femelles et Michael dans le suivi de leurs compagnons mâles, ou à défaut des femelles jouant les mâles.

Par bonheur, nous sommes maintenant entourés d'aides efficaces.

Je ne fais pas allusion à mon stagiaire, le jeune Nathan, qui commence à se débrouiller : il a du potentiel, mais il est un peu frais et n'a pas encore compris les humaines comme moi je les comprends. Il lui manque l'expérience de leur pratique.

Par aides, je fais allusion aux aides informatiques et la transmission des données par satellites. Je ne vous l'avais pas encore dévoilé que nous squattons sans vergogne les satellites en déshérence. Il faut bien se débrouiller pour assurer le service avec les faibles moyens décidés au budget. Nous compensons ce manque de financement par la compétence, l'organisation et une déontologie rigoureuse.

Bienheureusement, chaque nouvel arrivant chez nous, un tant soit peu qualifié, un peu spécialiste de quelque chose et de n'importe quoi, est affecté à un poste dans son domaine de compétence. Nous sommes exigeants sur la qualification. Par exemple, nous sommes très satisfaits d'Archimède, un des premiers génies qui nous a rejoints après Thalès, Pythagore et Anaximandre, et puis (je fais vite) arrivèrent Galilée et Newton, Einstein et Planck pour les grands anciens, j'en passe et des meilleurs. Et puis enfin Stephen et Steve pour les petits nouveaux.

C'est dire si nous avons recueilli de grandes compétences. Et tous ces gros potentiels-là continuent à apprendre et à se stimuler les uns les autres. Ça étincelle.

Pour l'organisation c'est encore mieux !

Nous sommes comme une grande armée. Avec des grands chefs, des chefs, des sous-chefs, des petits chefs, beaucoup trop de chefs et un super grand chef qui supervise les chefs de toute sorte et de toute couleur. Malgré cela, la communication passe bien, vous pensez avec la transmission mentale instantanée, c'est comme si nous étions un seul et même grand cerveau. Là j'exagère un peu, ce n'est pas si simple ; je vous présente seulement une idée d'ensemble et notre fonctionnement théorique.

À cela s'ajoute un règlement un peu militaire sur les bords. On peut s'en inquiéter, s'en réjouir ou le déplorer, mais ça marche. Plutôt bien.

Nous avons une déontologie rigoureuse, une morale inflexible et à toute épreuve. Nous ne la transgressons jamais, en tout cas très rarement, je vous l'avoue. Seulement sur ordre supérieur pour la victoire finale du Bien (avec un grand B) et de l'Amour (avec un grand A ; c'est le B et le A, le B.A. BA de notre métier.

Dans mon service, il y a deux opinions bien tranchées sur moi : ceux qui me considèrent comme un chanceux, c'est le cas de mon chef, et ceux qui me considèrent comme un champion comme mon collègue et ami Michael. « Daniel, tu es un champion », me rappelle-t-il souvent, comme si je pouvais l'oublier.

En fait, je suis les deux.

J'ai de la chance parce que je me suis rendu compétent, et je suis devenu compétent parce que je me donne du mal et que j'ai de la chance.

Le résultat apparaît comme une évidence, je suis un crack chanceux, un champion dans ma catégorie, et reconnu comme tel par ma hiérarchie.

Mon dernier voyage sur Terre a confirmé l'éclat de ma très grande compétence, celle de joindre l'utile à l'agréable, l'autorisé et l'interdit, concilier le bon et le moins bon et atteindre le résultat quoiqu'il en coûte aux autres.

Et puis, une chance inouïe : ce grand coup de pot en aimant Lili. Et plus encore, elle m'aime aussi.

Ce qui veut dire clairement qu'une nouvelle mission allait m'être confié, manière de parler, j'allais être officiellement désigné d'office pour un nouveau casse-pipe. Je ne savais pas encore qui j'allais sauver.

En attendant, je somnolais.

Juste une courte sieste angélique.

*

Pour cette courte sieste, Daniel s'est assis confortablement à son bureau, calé dans son grand fauteuil de gamer, le regard au-delà des écrans, vers la verrière, un peu ébloui par le bleu réglementaire, le bleu d'azur d'un ciel sans nuage. Lumineux.

Il garde un œil discret sur Nathan, le pauvre Nathan suant sang et eau à communiquer avec une jeune délurée qui faisait tout pour lui échapper et tomber dans la faute. Pauvre âme aux prises avec une Lili déchaînée, Lili jouant double jeu, un peu pour nous, beaucoup pour la concurrence, une Lili qui s'amusait avec elle, comme une chatte avec une souris. La chatte aimait la souris et la souris aimait la chatte, la lâchant avant de la reprendre pour le plaisir de la lâcher à nouveau et la reprendre.

Daniel poussa un gros soupir.

Pour ces histoires de chat et de souris, que Nathan se décarcasse et démontre son savoir-faire, et la sortir des griffes de Lili !

Ah cette sacrée Lili !

Quel calme ici, quel bonheur d'être bien au chaud et au frais ! Quel plaisir d'attendre un ordre supérieur en rêvassant à un avenir glorieux !

Ce sentiment étrange de plénitude en pensant à elle et de solitude sans elle. Penser à Lili, la serrer dans ses bras, la sentir se débattre, la maintenir captive ; se refusant à lui et l'acceptant dans un même mouvement contradictoire. Une autre souris jouant dangereusement avec un autre chat. Mais à quoi bon ressasser !

Cet amour n'est pas politiquement correct.

— T'as oublié la réunion ? Secoue-toi Daniel, lui téléphone Michael.

— Je n'oublie pas…

Une sacrée foutue réunion d'attribution de nouvelles missions « exceptionnelles » et « délicates ». Heureusement, il n'y a peu d'amateurs.

L'image de Lili lui traversa à nouveau l'esprit : Lili debout devant lui, Lili lui apportant un premier verre, Lili souriante comme il s'en souvenait, embellie par sa mémoire.

L'odeur de Lili. Le goût du baiser de Lili.

Qu'est-ce qu'elle lui voulait ?

Elle lui parlait, il regarda ses lèvres, il ne comprit rien. Elle lui demandait quelque chose. Il crut la voir pleurer, mais c'était la fumée ; celle d'un énorme Havane. Un vrai. Elle lui fit voir la bague du cigare. Une fortune en fumée. Son argent à n'en pas douter, l'argent de ses méfaits.

Il désapprouva.

L'image mentale disparut.

Il ressentit le vide de l'espace qui le séparait d'elle, l'arrêt du temps, le silence de l'espace.

Avec cette évocation de Lili, les soucis s'envolent, disparaissent, se dissolvent. Son existence est faite d'une succession d'états imparfaits, de moments de silence et de rêve, de moments d'action, de pleurs et de rires des autres qu'il écoute et comprend. Il n'a pas peur, il ne se perd pas, il vit ici complètement ; il n'est plus sur Terre que par téléprocuration, à son grand regret.

Il préférerait y être physiquement.

Il accepte cet ennui en étant ici et maintenant devant ses outils de travail et son stagiaire appliqué.

Après un bâillement, il fut étonné de se découvrir en réunion avec ses collègues, autour de cette grande table, dans la plus grande salle de l'étage, bourdonnante de bavardages.

Imaginez une salle vide dont les murs sont transparents, un peu laiteux, inexistants, immatériels, une grande table autour de laquelle est assise une bande de collègues amorphes écoutant un chef dont la logorrhée pontifiante bourdonne dans les oreilles et ne captive personne.

Que l'éternité est longue en réunion soporifique !

Des courants d'air de brume légère parfumée à la vanille de l'archipel de Zanzibar rafraîchissent l'atmosphère éthérée ; en fond sonore, de la musique angélique est diffusée par des enceintes invisibles : c'est une transmission en direct des répétitions sans fin de la chorale de l'immeuble X 665. Ma foi, pas désagréable pour accompagner une petite sieste.

Quelqu'un a appelé son nom. Il a dit « présent ». Il a dit « oui » fermement. Et son chef lui balança le dossier de la mission qu'il avait acceptée.

Le bonheur en perspective.

*

Je me réveille à l'instant. Je remarque que Michael a le même dossier que moi. Un gros dossier « Confidentiel. À consulter uniquement sur place ». Nous les lisons ensemble, puisque nous travaillerons en binôme, chacun dans sa spécialité, moi les femmes, lui les hommes. Nous nous sommes installés dans un espace de travail collectif des bureaux du septième, un coin où se plaît un gigantesque saguaro arborescent à sept branches, une plante antistress à ce qu'il paraît.

En plastique sans entretien, bienheureusement.

La lecture du dossier fait sourire Michael, et rigoler Daniel. Jaune.

Parce que c'est bourré de fautes, pas de fautes d'orthographe bien sûr, mais c'est bourré de transgressions, de fautes que la hiérarchie nous oblige à commettre. Nous allons être contraints de pécher lourdement. Tout ça pour feinter l'adversaire. J'en ai froid dans le dos, Michael aussi a des frissons.

C'est délicieux.

Nous allons rompre la routine de nos vies de bureaucrates pour celles plus exaltantes de conquérants des cœurs et des corps de ces foutues humaines. Bon sang, Lili, tu désespères de nous revoir, tu ne nous attends plus. Réjouis-toi, c'est notre retour. Combien de temps écoulé pour toi ? Ça se compte en années, et pour nous en quelques instants, c'était hier ; ce sera demain.

Eh bien, dis donc !

Étrange mission s'insérant dans une stratégie tordue. Mission exceptionnellement délicate. Il va sans dire tout en le disant.

En résumé, il s'agit de repérer quelques humaines ou diablesses un peu tendres, de les circonvenir, de les retourner à notre profit pour en faire des agents doubles en les séduisant, en leur promettant des enfants exceptionnels, un ou deux par femme. Tous les moyens scientifiques ont été mis en œuvre dans ce programme pour obtenir le meilleur résultat génétique possible.

Risqué ! Préférer vivre dangereusement sur Terre. Risquer de vivre un temps sur Terre, assez longtemps pour engrosser nos agents doubles, nos maîtresses et éduquer leurs enfants métissés, les élever dans la joie, l'amour et le bonheur. S'engager à vivre sur Terre le temps qu'il faut pour construire un réseau discret de correspondants métissés.

Et bien, voyons ! Pourquoi pas ?

Puisque c'est notre devoir.

Feindre d'abandonner l'immortalité.

Ils sont frappés dingues !

Et cette galère est tombée sur nous deux, évidemment…

Mais qui va-t-on convaincre ? Nous avons peu de relations sur Terre. Nous ne connaissons bibliquement que Lili. Il nous en faudra d'autres, beaucoup d'autres. Moi, je prends d'abord Lili, je kiffe Lili. C'est ma seule véritablement préférée. Il faudra quelques-unes de ses copines qui pourront faire l'affaire.

Il le faudra bien.

Il faudra nous dissimuler, simuler la diablerie. Il y a sûrement des produits chimiques pour cacher notre odeur naturelle, nous débarrasser de notre odeur de sainteté et sentir un peu mieux le souffre.

— Notre parfum n'a jamais gêné Lili ! affirme Michael.

— Que tu dis !

Parce que Lili, nous l'avons un peu anesthésiée avant de la violenter.

Faux ! Elle était consentante !

Quand même.

Il restait quelques difficultés techniques pour cette nouvelle mission : l'odeur de sainteté qui pouvait nous nuire et surtout l'argent des fonds secrets, toujours insuffisants. Il va falloir jouer. Jouer avec le présent et l'avenir pour s'en procurer des liasses et des liasses. Et puis le plus important la semence ! Comment la fabriquer ou se la procurer en si grande quantité. Bon sang, il faut des capacités supérieures aux nôtres.

— Va nous falloir un dopant pour soutenir le rythme endiablé que les chefs exigent de nous.

Mais le siège a tout prévu.

À la lecture attentive du dossier, notre mission prend une tournure bizarre, voire inattendue : une campagne d'ensemencement d'humaines, jamais réalisée à cette échelle, pour créer un groupe de métisses que nous formerons à notre image, une demi-image. Ces nouvelles humaines pourront nous seconder dans nos missions en se chargeant des basses œuvres, puisque nous en sommes pas assez nombreux au siège pour assurer le suivi habituel, selon la sempiternelle litanie syndicale.

Je rêve face aux écrans et instruments de communication facilitant le travail de transmission de pensée. Hypnotisé par les images, par leurs ombres, entre deux clignotements, je rêve.

Mon mental attend sa dose d'expériences nouvelles, de stimulus, d'images et de son, de nouveaux visages, de nouveaux corps aimables.

L'ennui n'est pas si négatif. Qu'est-ce qui le compose ? Rien ! Des pensées, des émotions, des sensations, l'ennui disparaît si je m'intéresse à ce qui le compose.

Je me sens capable de rester des heures (oups), des temps longs entre deux sollicitations, à ne rien faire.

Il n'y a ni heures ni minutes ici, seulement des temps, des points de suspension dans le temps. Le temps qui se décompose en heures, jours, années, ce n'est utile que sur Terre pour mes abonnées qui nous appellent à un moment précis, qui clignotent vivantes quelques courtes périodes, quelques instants toujours trop courts pour elles, puis qui s'effacent et s'échouent ici, chez nous.

Pour toujours.

Je suis la conscience de mes abonnées, non limitée, non contrôlée. Je suis auprès d'elles et, puis tout à coup, elles n'ont plus besoin de moi ; elles ne sont plus, et je n'ai plus besoin d'être là pour elles. Et elles viennent ici, et font comme si tout allait bien se passer.

Vraiment ?

*

Cette fois la navette était à la hauteur de notre projet. C'était un modèle récent, rapide, confortable et surtout indétectable : elle ne pouvait pas être confondue avec un vulgaire OVNI par les chasseurs des pays survolés. Elle avait été affrétée par le siège, c'était celle réservée aux grands chefs, peut-être même celle qu'utilisait régulièrement Gabriel pour ses voyages d'agrément. Mais on ne sait jamais de nos jours avec l'infox permanente. En tout cas, c'était la garantie d'un voyage agréable et peu fatigant.

Nous avons bénéficié d'un vol spécial. Nous n'étions pas seuls il y avait un grand ponte et sa nombreuse délégation en classe affaire, direction Rome où la navette s'arrêtait quelques jours avant de poursuivre vers Paris (pour nous y larguer) et Londres où une réunion de travail était prévue avec le Roi.

Pendant le voyage nous sommes restés sagement en classe tourisme ; un secrétaire vint nous informer que le voyage de sa délégation à Rome avait pour objet de préparer politiquement une élection importante et faire le ménage parmi les décideurs. Il y en avait besoin, grand besoin. Enfin, tout bonnement les magouilles habituelles.

Nous lui avouâmes notre ignorance de la politique romaine et ses implications concrètes, s'il y en avait. Nous étions de simples gardiens en mission discrète à Paris. Rome ne nous intéressait que pour le tourisme culturel. S'il nous était permis.

Le secrétaire était au courant des tenants et aboutissants de notre mission, il nous recommanda de nous détendre en visitant la Rome antique, quelques musées et nous proposa une carte de réduction utilisable dans certains commerces très spécialisés. Étant en mission, la discrétion nous fit refuser ce passe-droit certainement intéressant.

Le secrétaire nous souhaita bonne chance et nous avertit que le déroulement de notre mission allait être suivi de très près par le siège représenté par notre chef bien aimé.

Un ange averti en vaut deux.

Nous avons passé du bon temps à Rome en touriste anonyme, les Italiens nous prenaient pour ce que nous étions devenus, des touristes nordiques blonds, bons à plumer au détour d'un restaurant, d'une pizzeria, d'un musée, d'une rue mal famée ou d'un commerce spécialisé en bondieuseries.

Enfin, nous fûmes largués à l'escale de Paris, laissant la délégation poursuivre sa route vers Londres où il y avait une réunion très importante pour finaliser une fusion acquisition.

Je ne faisais pas d'illusions, nous n'avions pas assez de contacts sur Terre pour commencer notre mission. Bien sûr, j'avais toujours suivi Lili parmi mes autres abonnés ; je l'avais suivi d'autant plus que je l'appréciais et qu'elle m'appréciait aussi. Mais Lili n'en faisait qu'à sa tête et multipliait les coups en douce contre nous, même si de temps en temps elle nous aidait.

Dans un premier temps, il fallait que nous nous contentions de l'aide de Lili et de son entourage.

Lili avait été avertie de notre visite sans que nous puissions lui préciser une heure et un jour, pour des raisons de discrétion et de sécurité, au cas où une bande de journalistes nous accueille à notre arrivée.

C'est peu probable !

Mais, travaillant comme des agents secrets, nous sommes d'une extrême discrétion. La preuve ? Avez-vous déjà entendu parler de nos actions dans la presse grand public ou la TV ? Non évidemment, jamais, à notre grand regret. Même si de rares initiés ont lu les récits de nos exploits.

Le moyen le plus simple de renouer le contact avec Lili, sans prendre rendez-vous, était de se rendre nuitamment au Caveau.

Daniel s'y rendit seul, laissant Michael visiter d'autres lieux de la vie nocturne à la rencontre de quelques-uns de ses abonnés en perdition.

*

Ce soir-là, Daniel était un des quatre clients du Caveau. Lili, partie ailleurs, avait laissé la responsabilité de l'établissement à une charmante jeune femme qui se présenta comme l'animatrice, secondée par trois hôtesses, une blonde, une brune, une rousse, juste pour faire joli ; ce n'étaient manifestement pas leurs couleurs naturelles. Il n'y avait pas d'animation au programme de la soirée : comme d'habitude, les clients venaient simplement, sous prétexte de se désaltérer, choisir une hôtesse pour finir aimablement la nuit.

Les hôtesses s'ennuyaient devant des bières tièdes, dans l'attente d'un signe des clients solitaires.

Daniel sortit ostensiblement un rouleau de billets et en tira un pour payer sa consommation. Ça impressionne toujours. Il y en avait beaucoup trop et jeta un généreux pourboire.

L'animatrice s'intéressa à lui, comme si elle ne l'avait pas reconnu, se méprenant sur les intentions de ce client si généreux.

— Appelle-moi Cassandra.

— Moi, c'est Daniel Heaven.

Cassandra ne sembla pas surprise.

— Ah ! Tiens ! Ma patronne m'a parlé d'un Daniel qui doit la rencontrer prochainement. C'est toi ?

Peut-être ! Amour. Tout est amour.

— Oui ! Et toi ?

— Je remplace Lili.

— Absente ?

— Elle est sortie avec son Prince.

— Son prince charmant ?

Je connaissais l'existence de ce sinistre individu, un de ceux contre lesquels nous luttions en permanence, un ennemi juré de notre cause.

— Oui son prince charmant ! Elle l'appelle toujours le Prince des Ténèbres.

Lili ne repasserait certainement pas ; elle avait l'habitude de s'éclipser quand le Prince venait. Il venait rarement, c'était aussi bien : il faisait peur à tout le monde, et fuir les bons clients. Ceux d'une nuit.

— Un beau gosse, un peu comme toi, un grand sombre autant que tu es blond. Certainement bon baiseur, et riche surtout.

— Et toi, Cassandra ?

— Oh ! tu sais, je suis un peu seule.

— Charmeuse comme tu es ?

Il le pensait vraiment.

— Oh !

— Tu as tellement de classe.

Cassandra admit qu'elle avait l'ambition de ressembler à Lili sa patronne, qu'elle avait un fort caractère comme elle, qu'elle n'obtenait pas toujours ce qu'elle voulait et qu'elle n'aimait pas perdre une seule occasion de prendre son plaisir.

— Au fond, tu as mauvais caractère, c'est pour cela que les hommes…

Cassandra voulut montrer qu'elle n'avait pas si mauvais caractère, elle se rapprocha de Daniel, l'embrassa puis se frotta doucement contre lui.

Daniel la serra dans ses bras, mais ne fit pas un geste de plus, semblant un peu gêné : serait-il si pudique ? Ou bien prenait-il ce geste d'affection pour une agression ?

Il n'avait pas avalé la pilule verte recommandée par son chef. Et pourtant celui-ci avait insisté : « Quand tu rencontres une femme qui te plaît, prends la pilule verte. Au moins une, tu te sentiras devenir un homme fort. Et tu pourras suivre la cadence. Ensuite, dans le cadre de ta mission, tu prends la gélule rouge ; c'est pour la semence et uniquement pour la semence. Les pilules vertes sont toutes les mêmes, tu peux en abuser ; les gélules rouges sont toutes différentes et en quantité limitée. N'oublie pas, il faut avoir pris une verte avant d'utiliser la gélule rouge. »

Ce seul rappel insidieux des consignes lui faisait perdre ses moyens. Manque d'habitude, sans doute !

— Je ne te plais pas ? demanda Cassandra, avec un fond d'inquiétude.

Elle sentait bien que ça ne fonctionnait pas comme avec les autres. Drôle de type ce Heaven !

Bien sûr qu'elle lui plaisait, elle faisait ce qu'il fallait pour.

Il devait s'en faire une alliée, mais il n'avait jamais eu d'entraînement. Et puis, comment prendre une pilule verte discrètement ?

Quant à la gélule rouge, ce sera pour une autre fois.

— Tu es timide ? avança Cassandra.

Daniel se mit à rire bêtement et s'attira une remarque désagréable :

— Tu as le même rire que le Prince.

Elle lui confia que Lili l'avait poussée une seule fois dans les bras du Prince. Elle avait desserré les genoux en professionnelle, mais elle avait eu très peur : il était méchant, hargneux, sans doute un criminel échappé du bagne. Il cognait facilement à la moindre contrariété. Une seule nuit lui avait suffi. Sans regret. Malgré le gros paquet que cette expérience lui avait rapporté.

— Toi au contraire, tu es un gentil.

Trop gentil peut-être.

— Je ne suis pas au mieux de ma forme, ce doit être le décalage horaire !

— Tu viens de loin ?

— Trop loin.

Daniel confirma qu'il était en voyage d'affaires avec un ami très riche qui serait enchanté de la connaître, mais il semblait pressé de partir :

— Il faut que je rentre à l'hôtel maintenant.

— Avec moi ?

— Et ton travail ? Cassandra.

— Je vais fermer. Tu préfères sortir avec moi et une hôtesse ? Deux hôtesses ?

C'était une proposition intéressante, mais trop, bien trop prématurée. Il n'aurait pas su gérer.

— Toi seule. Tu me conviens bien.

Finalement, Daniel suivit Cassandra chez elle. Plein d'espoir pour sa mission.

C'était le plus simple, il n'avait pas réservé de chambre d'hôtel, pour économiser les frais. Il avait l'intention de vivre chez les habitantes pendant son séjour, quitte à les défrayer.

L'appartement de Cassandra respirait l'aisance et le bon goût de sa propriétaire. En femme pratique, elle résidait à un étage élevé d'un immeuble voisin du Caveau. Elle l'avait divisé en deux parties, une entrée, un salon, une chambre et une salle de bain où elle recevait les visiteurs de passage. Les pièces étaient assez spacieuses pour recevoir indifféremment un invité ou un couple. Au fond d'un couloir discret, Cassandra s'était réservé des pièces plus intimes, chambre, bureau, cuisine, composant son espace privé, bien isolé, où elle vivait la vie de tous les jours.

L'affaire avec Cassandra fut rapidement et bien menée, on pourrait même dire expédiée, négociée, payée au juste prix de l'amour et de l'information.

Frottements, pincements doux, effleurements, frôlements, glissements, pressions, caresses, morsures, suçons, léchages, becquetages, Cassandra y mit beaucoup d'ardeur, de la rapidité ou de lenteur en s'adaptant aux modestes exigences de Daniel.

Il la trouva douée, très douée et lui dit.

Pour l'information, elle lui confia tout ce qu'elle savait sur Lili, une patronne adorable, contrairement à son Prince, un escroc insaisissable et un beau salaud, rouleur de mécaniques.

Ces informations recoupaient parfaitement ce que lui-même connaissait de Lili.

Daniel estima qu'ils avaient assez bavardé. Le juste prix fut assez vite déterminé, Daniel n'avait qu'un paquet de billets de cent, que Cassandra mit en sécurité. C'était beaucoup trop. Mais tant pis, il faut savoir être généreux avec les âmes généreuses.

— Ça paiera mes charges, dit-elle.

Cassandra le remercia en l'attirant vers elle et en roucoulant des mots doux qu'elle distribua sans lésiner, espérant bien conserver cette clientèle étrangère tombée du ciel. Elle l'encouragea de caresses provocantes qui firent immédiatement leur petit effet.

Daniel n'y tenait plus.

Il avala une pilule verte puis une deuxième par sécurité, prit son courage à deux mains, se capuchonna pour éviter des dégâts collatéraux et entreprit l'ultime assaut. Il se révéla maladroit et brutal ; il se comporta comme un goujat inexpérimenté. Une seule pilule aurait suffi à sa vigueur. Cassandra mit sa maladresse sur le compte de son étrangeté d'étranger fraîchement débarqué et victime du décalage horaire.

Elle lui pardonna en souriant :

— Tu fais ça à la cow-boy !

Elle aurait pu dire aussi bien à la hussarde, sans pitié, sans fioritures ni les gracieusetés qui auraient affaiblies l'image du macho qu'il souhaitait donner.

Bien sûr, Cassandra fut déçue, tant de mal pour si peu de bien, mais elle n'en montra rien, bien au contraire, elle le félicita pour sa vigueur exemplaire « C'est tellement bon ». En effet !

Et puis elle lui demanda :

— À quand ?

Elle appuya sa demande de caresses et de pressions ciblées qui font toujours plaisir et le maintint vigoureux et ferme. Ça lui laissa l'illusion de sa réussite.

Daniel lui promit l'amour et la richesse, la lune et ses satellites, et une prochaine visite libertine. Bientôt.

*

Bien avant l'heure du petit déjeuner. Daniel partit. Il faisait encore nuit noire. Guidé par son GPS, il survola la ville, traversa le fleuve, suivit les lumières des rues et des boulevards et rejoignit Michael le temps de le vouloir.

Michael jouait le pilier de bar, à la Cave, une succursale du Caveau. Il était un des derniers soiffards et sympathisait avec un couple et deux femmes seules qu'il avait pris pour des lesbiennes. Il demanda à Daniel :

— Alors comment c'était au Caveau ?

— J'ai rencontré et honoré une créature très agréable, la belle Cassandra.

— T'as de la chance ! Ici j'ai fait chou blanc.

— Et Lili ?

— Disparue avec le Prince.

Michael avait aperçu Lili et son prince charmant : il se faisait appeler Prince des Ténèbres, il s'y croyait, un sacré gugusse, pas recommandable, sorti de je ne sais où. Un truand sans doute. D'une espèce volatile, insaisissable. Une nuit ici, une autre ailleurs, partout et nulle part à la fois. Malgré tout, Lili semblait tenir beaucoup à lui. Amoureuse ? Sans doute. Mais pas sûr.

Le Prince était grand, mince, séducteur, toujours en noir, inséparable d'un cigare de prix. Havane de contrebande ? Certainement ! Un barreau de chaise impressionnant et coûteux ! Un rire ignoble. Grand buveur. Réputé bon baiseur, assuraient les deux femmes présentes. Une voiture voyante, une vieille Porsche de collection d'après les témoins, le bruit d'une Porsche ancienne au démarrage en tout cas.

— Un concurrent ?

— Je le crains.

— Avec des moyens ?

— J'en ai bien peur.

Daniel avait récupéré la nouvelle adresse de Lili : un grand appartement dans les beaux quartiers.

Daniel décida :

— On y va, on s'invite au petit déjeuner. Ils doivent y être encore.

Par politesse, ils sonnèrent chez Lili. Ils auraient pu rentrer sans sonner en poussant simplement la porte ou en traversant le mur. Ils avaient renoncé à cette habitude. Discrétion oblige.

Lili ouvrit, habillée comme pour sortir. Elle ne sembla pas surprise de leur visite et s'exclama : « Des revenants ! Ça fait si longtemps ! »

Pour Daniel, c'était avant hier.

— Entrez, mes amis ! Vous prendrez bien un petit quelque chose.

Le Prince était déjà parti. Il n'avait laissé aucune trace de son passage. Rien ! Même pas son odeur. À se demander s'il était vraiment passé chez elle.

— Que me vaut votre visite, mes doux agneaux ?

Ils étaient en déplacement professionnel ; enfin, elle savait ce que c'étaient que leurs déplacements professionnels : de la surveillance, des sauvetages, du conseil, du recrutement, des paiements, la routine.

Daniel avoua tout de go :

— Je viens pour toi surtout !

— Moi ?

— Tu le sais bien !

Enfin Lili ! Nos moments inoubliables ! Tes promesses, nos promesses. Ta contribution à notre cause, noble et juste. Ils savaient qu'elle n'avait pas oublié, qu'elle ne les avait pas oubliés. Ils venaient pour elle. Ils cherchaient, grâce à elle, à agrandir leur réseau : le grand projet, un maillage d'abonnés sûrs.

Daniel l'avait cherchée au Caveau et avait rencontré Cassandra, en lot de consolation..

— Peut-elle devenir des nôtres ?

— Elle te plaît ?

— Je l'ai peut-être convaincue !

Lili fit la moue :

— C'est un élément de valeur, le Prince ne va pas apprécier si tu...

Qui c'est celui-là ?

Un concurrent, un ennemi ?

— Un type qui nous paie bien. Uniquement en dollars malheureusement. Faire le change attire l'attention sur nous.

Pour montrer sa différence, Daniel sortit une liasse d'euros neufs.

— Voilà pour toi, tu recrutes Cassandra, tu nous en présentes d'autres comme elle. Beaucoup d'autres.

Lili objecta que le Prince allait faire des histoires à n'en plus finir si on piétinait ses plates-bandes et que c'était un mauvais, un très mauvais. Il valait mieux s'en faire un allié.

— Tu n'es pas obligé de crier sur les toits que tu as changé de camp,ma chère Lili.

— Il faudra neutraliser ce Prince de toute façon, ajouta Michael.

— Mais c'est mon chef ! Et ma promotion alors ! protesta Lili.

— Je te garantis une promotion plus intéressante avec nous, affirma Daniel.

Les manœuvres bruyantes d'une voiture leur firent tendre l'oreille. Une Porsche ancienne qui se gare.

— Merde ! gémit Lili. Il revient.

Daniel et Michael se regardèrent, ne sachant quelle attitude adopter.

— Vous avez encore le temps de vous sauver dans les étages, suggéra Lili.

Il n'en était pas question. Daniel et Michael s'enfoncèrent dans leurs fauteuils et attendirent.

L'entrée du Prince ne fut pas discrète. Il râlait après le manque de parking, après l'ascenseur, après le temps de chien qu'il faisait, puis découvrant Daniel et Michael, s'exclama :

— Qui sont ces pédés ?

Les pédés ne bougèrent pas.

Lili répondit agressivement :

— Des amis de longue date.

— Salut les pédés de longue date !

Lili précisa :

— Ça fait au moins cinq ans qu'on ne s'est vu !

Le Prince tournait en rond dans la pièce en agitant les bras dans tous les sens. Un grand épouvantail.

— Qu'ils dégagent !

Daniel et Michael semblaient vissés au fond de leurs fauteuils. Daniel observa :

— Quel accueil sympathique chez toi, Lili !

Et d'adressant au Prince :

— Qu'est-ce qui nous vaut cet honneur, cher Prince ?

— Et des marrants en plus ! Dégagez ! cria le Prince en leur indiquant le chemin de la sortie.

Le Prince allait de la fenêtre aux fauteuils et des fauteuils à la fenêtre, agitant frénétiquement les bras. Menaçant.

Daniel lança :

— Nous venons pour affaire.

— Quel genre ?

Le Prince prit un fauteuil. Daniel reprit la parole :

— Je vais t'expliquer lentement, cher Prince.

Daniel s'éclaircit la voix et se lança dans une improvisation.

Le Prince et Lili le fixèrent, incrédules. Michael approuvait d'un hochement de tête et souriait aux anges.

Il était une fois… un gouvernement lointain qui cherchait à recruter de jeunes et jolies femmes pour des missions de très longue durée... Des sortes d'agents doubles qu'il fallait convaincre avec des promesses d'enfants surdoués et de riches maris complaisants. Cependant, Daniel voulait rester discret et demandait au Prince la discrétion ; il avait la primeur de l'information, Lili n'était pas au courant, comme il se doit !

Des recrutements de femmes prêtes à bien gagner leur vie avec peu de risques en somme puisqu'elles ne seraient actives qu'après quelque neuf mois de gestation.

— Des taupes, quoi ! De vulgaires taupes ? Jamais entendu pareille ânerie.

Mais dans sa grandeur, le Prince ne refusait pas d'examiner l'affaire. Si elle se révélait lucrative.

— Combien par tête ?

Daniel ne voulait pas s'engager tant qu'il n'aurait pas apprécié la qualité des recrutements. Il précisa :

— Il me faudrait des échantillons.

— Mouais, fait le Prince.

— C'est à étudier sérieusement, continua Daniel. Paiement cash. En dollars si tu y tiens.

Michael approuva par un hochement de tête et un sourire béat.

— Lili pourra t'aider.

— Mouais, fait le Prince.

Michael demanda :

— Quelle est ta réponse de principe ?

Daniel confirma :

— Parce qu'il ne faut pas que ça traîne.

Manifestant un brin d'irritation Le Prince se leva, leur signifiant la fin de l'entretien :

— Lili vous donnera ma réponse, conclut-il, en les mettant à la porte.

*

Je n'avais pas été assez clair !

Il faut d'abord trouver les femmes volontaires pour que nous les visitions, autrement dit que nous les connaissions, et que nous leur trouvions des conjoints, hommes ou femmes qui leur plaisent.

Et attendre le résultat.

C'est du moins le cahier des charges innovant concocté par notre hiérarchie qui veut concilier l'amour, la jouissance et la reproduction, pour ne pas se contenter d'une insémination techniquement banale. Enfin, faire à échelle industrielle ce qui avait été réalisé artisanalement à l'unité au début de notre ère.

Le lendemain, Michael fit le tour de ses abonnés pour rechercher des candidats à l'emploi de mari légitime. Daniel retourna chez Lili ; il la trouva seule, un peu déprimée. Il comprit que le Prince l'avait chahutée, peut-être battue.

Elle lui demanda :

— Que comptes-tu décider avec le Prince ?

— Quelle est sa réaction ?

— Il se méfie des pédés. À mon avis, il ne fera pas affaire avec vous, c'est trop subtil pour lui et ça paraît trop honnête. Il a d'autres combines plus juteuses.

— Bon débarras.

Lili sembla surprise :

— Je croyais que tu tenais à la collaboration du Prince. Qu'est-ce que tu veux faire, avec les femmes ? Je n'ai pas compris ton histoire.

Daniel reprit tout depuis le début, expliqua que le siège en était arrivé au point de désespérer du niveau de sainteté des hommes, niveau tellement minable que les archanges en perdaient le moral, les anges déprimaient. Dans ces conditions, les possibilités de rédemption des humains devenaient aléatoires.

Il fallait remonter la pente avec un apport nouveau de bon et saint ADN.

— Améliorer la sainteté de la race humaine, voilà le plan du siège dans ses grandes lignes.

— Et puis quoi encore ?

— Je vais faire des femmes que nous choisirons des mères d'adorables enfants surdoués, mi-anges mi-humains.

— Et c'est toi qui… ?

— Avec Michael, oui ! C'est ma contribution à la sainteté de l'humanité. Michael s'occupe de trouver les futurs maris, moi je m'occupe de recruter et féconder les femmes.

— Comment vas-tu faire ?

— Voyons, Lili ! Il n'y a pas trente-six méthodes pour engrosser les humaines. Nous avons les ressources.

— Je suis étonnée.

Elle fut encore plus étonnée quand Daniel lui proposa un rôle clé dans la campagne de recrutement, et, pourquoi pas, ensuite un rôle dans le suivi des enfants bénéficiaires du bagage génétique amélioré, jusqu'à ce qu'ils deviennent adultes.

— Et moi ? Aurai-je droit à un de tes rejetons ?

— Je te le proposerai.

— Avec toi comme géniteur ?

— J'aimerai bien.

— Alors ! Tout de suite. C'est le bon moment.

Lili craignait que Daniel change d'avis et disparaisse à nouveau pendant dix ans. Elle lui demanda de la suivre dans sa chambre, grande pièce sobrement décorée d'un tableau représentant un volcan en éruption, meublée d'un lit king size, d'un miroir sur le mur opposé à la fenêtre.

Lili se dévêtit sans façon.

Il valait mieux tenir que courir.


— Ne t'inquiète pas. Le Prince est parti loin d'ici. Il n'a plus les clés. Je l'ai viré ! Définitivement !

Je m'allongeai sur le lit.

Je pouvais enfin la dévorer des yeux, la toucher avec des mains d'homme, la caresser, la pétrir, la lécher, la sucer, l'aspirer, la renifler à mon rythme. Prudent.

C'est une chose de correspondre par télépathie avec Lili, c'en est une autre de la toucher en chair et en os, bien vivante, palpitante sous les caresses, de sentir l'odeur de sa sueur soufrée, respirer son haleine humide, laisser le temps à son corps de s'exprimer par de légers frémissements et de petits soubresauts.

De renouer des relations intimes.

J'étais intimidé.

Je craignais un retour du Prince, c'est évident. Il n'aurait fait qu'une bouchée de moi. Mais Lili sut me mettre en confiance.

Ce n'était plus la très jeune femme qui m'avait séduit lors de mon premier voyage, avec son côté fille de luxe à la mode, svelte, bronzée, prête à tout pour séduire. Elle avait gagné au change avec la maturité. Elle avait perdu ce côté gracile et fragile de sa jeunesse, elle avait pris de la poitrine et des rondeurs délicieuses aux hanches. C'est certain, elle avait forci.

Elle me regardait un peu surprise de mon attitude béatement amoureuse. Elle n'y croyait pas, elle avait du mal à imaginer que je la désire encore. Ce qui me chagrina quelque peu.

Elle me déshabilla.

Nos préliminaires furent un peu longs, perturbés par notre contemplation réciproque. Je pressentais que je ne pourrais plus me passer d'elle et que je souhaitais vivre près d'elle.

Et ça m'angoissait quand même.

En avait-elle pris conscience ?

Elle savait que j'étais un être bizarre, un original très différent de ceux qu'elle avait rencontrés et aimés. Et surtout que je resterai égal à moi-même.

Nous tentâmes de rattraper le temps perdu. Petit à petit. Instant par instant. Nos retrouvailles furent un long épisode de caresses, de tendresses, de baisers fougueux, et d'envie de se fondre l'un dans l'autre.

Je voulais que notre fusion soit parfaite. Je voulais être son amant magnifique.

Je ne suis pas objectif, je suis amoureux.

Je crois qu'elle l'est de moi.

Je n'eus pas besoin de pilule verte et omis d'utiliser la gélule rouge. Ce serait pour un autre jour, car il y aurait d'autres jours et d'autres nuits.

Nous n'avions pas encore sérieusement évoqué la question de son acceptation et de ses conséquences. Je sais que j'avais envie d'un enfant d'elle, mais je ne savais pas si son désir d'enfant allait jusqu'à accepter le risque d'un métis d'un nouveau genre.

Lili fit tout pour me satisfaire et je fis tout pour la satisfaire ; nous avons réussi à fusionner. Du moins, je le crois et elle m'en félicita :

— Un feu d'artifice ! Tu ne m'avais pas habitué.

Je lui retournai le compliment.

Ce fut la première nuit d'une longue série.

En dehors des normes.

*

Nous débarrasser définitivement du Prince qui aurait pu devenir un peu collant fut chose facile. Michael avait envisagé de saboter son véhicule pour provoquer un banal accident fatal.

Je repoussai ce projet comme indécent.

Pour clore l'affaire, le pauvre diable eut sa voiture incendiée par un inconnu et ne put la remplacer que grâce à un généreux prêt sans intérêts de Michael.

Nous avions trouvé la bonne stratégie : comme le Prince n'avait pas l'intention de rembourser, nous étions certains de ne jamais le revoir.

De son côté Lili, lui avait demandé de disparaître de sa vie, car elle avait trouvé de nouveaux et puissants protecteurs. Nous.

*

Le programme de notre mission se mit en place progressivement.

Nous créâmes une agence matrimoniale qui nous servirait de couverture, firent de la publicité, convainquirent des candidats et des candidates de la noblesse de leur mission, et comme cela ne suffirait pas, de l'intérêt de leur mission : il y avait quand même une indemnité appréciable pour chaque enfant viable produit.

Nous achetâmes des locaux spacieux : une réception, quatre bureaux, une salle de réunion, une salle de bain, une cuisinette, et un vrai-faux cabinet médical.

Pour notre usage particulier de ce vrai-faux cabinet, j'avais fait faire sur mesure deux meubles spéciaux : une banquette prie-Dieu modulable et un fauteuil gynécologique modifié.

Notre première idée était d'utiliser un cheval d'arçon, mais il se révéla inadapté, alors que la banquette prie-Dieu réglable électriquement, permettait à nos candidates de se mettre à genoux confortablement, de varier à la demande leur inclinaison pour être prises dans différentes positions. Lili l'avait essayée avec moi et l'avait appréciée, Cassandra aussi. Elles avaient regretté que rien ne permît d'être immobilisé par une sangle ou des menottes. Je ne retins pas leur suggestion.

Le deuxième meuble, un fauteuil gynécologique modifié, permettait à la femme de se laisser aller en arrière et d'exposer l'avant de son corps ; c'était une sorte de table revisitée, un dossier ferme et moelleux pour soutenir le dos de la nuque aux reins, laissant libre le bas du corps, les pieds glissés dans des étriers et les mains pouvant s'accrocher à des prises latérales.

Lili et Cassandra trouvèrent ce fauteuil parfait pour maîtriser leurs mouvements, donner de la liberté aux hanches sans fatigue excessive, et monter et descendre au rythme souhaité.

Elles demandèrent de poser un grand miroir sur un des murs aveugles du cabinet. Suggestion non retenue comme trop indécente.

J'avais prévu de diffuser des extraits de la chorale comme fond sonore, et des spots lumineux psychédéliques imitant l'atmosphère de nos bureaux du septième étage.

Lili et Cassandra essayèrent à plusieurs reprises l'installation avec Michael et moi. Elles furent enchantées des orgasmes obtenus dans des conditions réelles d'utilisation de nos pilules vertes. Nous aussi.

Nos deux collaboratrices utilisaient aussi ce cabinet médical comme salle de détente intime. Il m'est arrivé de les y surprendre en dehors des pauses café réglementaires. Elles m'invitèrent à partager. Je me laissai corrompre facilement.

Revenons à la répartition des tâches : Lili et moi sélectionnions les femmes, Michael et Cassandra les hommes. Cassandra se révéla une collaboratrice merveilleuse de perspicacité pour accorder les couples.

Lili constituait les dossiers : CV, mensurations, expérience professionnelle, test de personnalité, QI, QE, groupe sanguin, analyses d'urine et de sang, examen cardiaque, encéphalogramme, attentes familiales, connaissances religieuses, pratique amoureuse et expériences culinaires, besoins de formation complémentaire.

Je transmettais chaque dossier à l'informatique du siège pour analyse.

Nous organisâmes des réunions d'information commune aux hommes et aux femmes : je présentai les finalités et les modalités de l'opération. Michael dispensait des cours d'économie familiale, des cours de morale et de psychologie ciblés sur l'éducation des enfants. Lili et Cassandra se limitaient à parler des trucs et ficelles de l'aventure sensuelle et amoureuse.

Puis eurent lieu des rencontres festives pour faciliter le choix des partenaires. Petit à petit, des couples se formèrent. Un premier choix de candidats et candidates compatibles émergea.

Pour compléter les dossiers sélectionnés, Lili et Cassandra firent des séances photos et vidéos. Le siège tenait à recruter des spécimens réussis d'humanité, caractérisés par la puissance des hommes et la beauté des femmes ; le siège est sacrément conservateur. Chaque dossier devait contenir des photos d'identité, des photos habillées, et des photos de nus plus ou moins érotiques, plutôt plus que moins.

Il y eut quelques dérives : les hommes ne résistèrent pas aux gloutonneries et aux jeux de langue de Cassandra, les femmes succombèrent facilement aux suçons et aux léchages de chattes de Lili. Je fus contraint de fermer les yeux, mais ces dérives, expressions d'appétences hors normes, furent signalées dans les dossiers des candidats. Le siège apprécia à sa juste valeur l'implication de nos deux collaboratrices, et même les encouragea, officieusement par des promesses de récompenses. Qu'elles ne verraient jamais !

Puis la phase active de la campagne commença : nous avions prévu un planning sur trois mois.

Chaque matin, j'avais rendez-vous à mon bureau avec une nouvelle postulante à qui j'administrais un questionnaire complémentaire de routine. Si elle réussissait à cet examen, et elle réussissait toujours, la postulante s'installait sur un des deux fauteuils du cabinet médical, quitte à en changer en cours de vacation.

Vous ne pouvez pas imaginer la variété et l'inventivité de nos postulantes. Selon les personnalités, j'avais droit à une séance de charme, des manœuvres de séduction sensuelles, ou bien des attentes passives et froides. Mais les plus timides vierges se dévergondaient en mon honneur et s'épuisaient dans l'espoir d'une jouissance suprême. Espoir toujours comblé.

J'en profitai.

J'en abusai à vrai dire.

J'avalais une pilule verte pour stimuler mes fonctions érectiles. Je m'attardais plus que nécessaire en baisers, en caresses, en jeux de doigts et de langue. Elle passait une demi-heure agréable avec moi. Moi aussi avec elle. Je la travaillais jusqu'à ce qu'elle soit assez huilée pour leur administrer la gélule rouge comme un suppositoire vaginal.

Chaque femme avait conscience de bénéficier d'une grâce extraordinaire, d'un moment de jouissance au-delà de l'amour humain ; chacune s'y était préparée activement, aidée des conseils techniques diaboliques de Lili et Cassandra.

Remerciements assurés.

Je ne suis pas suffisamment au fait de la science de la reproduction pour vous expliquer le processus, mais nos savants garantissent le résultat à 90 %.

Qu'importe ! Je prenais mon pied.

Certaines atteignaient l'orgasme rapidement, et j'étais là pour faciliter l'atterrissage en tendresse, d'autres étaient longues à jouir soit que je m'y prenne mal soit qu'elles se révèlent intimidées par l'importance de l'enjeu. Je les besognais jusqu'à épuisement de mes ressources.

Une fois accompli mon devoir, je préparais la candidate à une rencontre intime avec le mari choisi : douche, toilette, maquillage, vêtements sexy ou sages.

J'offrais une collation prénuptiale aux futurs époux. Collation bien arrosée. Pour l'ambiance.

Michael prenait le relais. Son rôle était essentiel : il devait aboutir à la fusion des deux postulants. Il y mettait beaucoup du sien et s'impliquait sportivement en cas de défaillance de l'un ou de l'autre.

Pendant ce temps, je me reposais en complétant le dossier du nouveau couple : les fiches individuelles, le dossier photo, mon rapport d'insémination et les références de la gélule rouge, enfin toutes les paperasses exigées par le siège pour son suivi statistique.

En fin de journée, après avoir signé tous les papiers et contrats, sans oublier un dernier câlin à la mariée, nous fermions nos bureaux. En cas de demande du couple, je laissais Michael poursuivre par un accompagnement personnalisé de leur nuit nuptiale dans un hôtel de luxe. Michael en tirait une grande satisfaction professionnelle. Il eut même des couples qui le demandaient un abonnement pour tenir la chandelle quelques nuits ou faire le troisième à l'occasion. Il appréciait cette marque de fidélité.

Lili ne voyait rien à redire à mes matinées de travail, à condition que je passe mes soirées de repos avec elle, sans pilule verte ni gélule rouge. Elle était d'autant plus excitée qu'elle me demandait de lui raconter le déroulement de la séance du matin. Elle exigeait de moi une sorte de répétition, souvent une bien pâle copie en réalité de ma matinée, car je n'avais plus la stimulation de la pilule verte. Mais Lili n'était pas exigeante et se satisfaisait de gentils câlins et d'habiles jeux de doigts.

*

Notre activité était très surveillée en haut lieu. De son bureau du septième étage, mon chef prenait grand soin du respect des procédures, qu'évidemment je suivais à la lettre. Il réquisitionna aussi Nathan pour nous surveiller, mais celui-ci nous espionnait autant qu'il nous informait : le chef subissait de fortes pressions de la hiérarchie du siège : ça n'allait pas assez vite, il y avait trop d'inséminations ratées, le nombre d'enfants attendus était inférieur aux prévisions du plan, en résumé il fallait mettre les bouchées doubles. Faire fissa !

De temps en temps, j'obtenais l'aide de Michael, mais il ne prenait aucun goût à ma spécialité, la trouvant trop routinière, trop contre nature pour nous. Mais au fond, même si mon activité était contre nature, je l'appréciais, et j'étais satisfait de me réserver cette exclusivité.

Mon chef nous surprit par une visite éclair. Il arriva en navette spéciale ultrarapide affétée par le siège. Il était d'humeur de chien, il n'avait pas dû quitter son bureau de gaité de cœur. J'ignorais d'ailleurs s'il l'avait déjà quitté une seule fois. Un court instant je crus à une manœuvre de fine politique déclenchée en haut lieu. Mais non, c'était une manœuvre parapluie de mon chef qui était venu de sa propre initiative pour contrôler de visu l'exécution de la mission dont il était coresponsable.

Il passa toute notre organisation au crible, éplucha tous les dossiers, assista en spectateur à quelques-unes de mes interventions. Il ne trouvait rien à redire et même déclara :

— C'est très bien, félicitations, Daniel !

— Merci chef !

Il ajouta :

— En quoi puis-je vous aider ?

Il proposait clairement ses services. Je fis celui qui ne comprenait pas tout à fait sa demande et lui suggérai :

— Nous pourrions faire une équipe de nuit pour doubler le rendement ; malheureusement, il faudra aussi presque doubler nos effectifs, mais nous ne trouverons pas en temps utile le personnel qualifié nécessaire.

Mon chef voulait se rendre compte par lui-même de la charge de travail en prenant mon poste, au cours d'une expérience en situation, un test pour lui, enfin plusieurs expériences tests si c'était possible.

Je lui proposai de faire des séances supplémentaires en nocturne pour les femmes dont l'insémination avait raté, des séances de rattrapage en quelque sorte ; ces femmes avaient l'avantage d'un premier passage, elles savaient ce qui les attendait, ce serait donc plus rapide, et nous pourrions en traiter au moins trois par soirée en nous organisant bien.

— Trois ? Ce n'est pas un peu trop !

— Pas avec les pilules vertes ! Chef, vous pourrez assumer mon poste sans problème.

Il accepta avec enthousiasme.

C'est ce qu'il voulait en fait. Pratiquer.

Pour le frisson ?

Je pris sur mon temps libre pour organiser les postes de travail : Lili devait préparer les femmes par des léchages savants, Cassandra stimuler mon chef avec ses jolies mains manucurées et ses paroles douces, et moi coordonner le déroulement et veiller à glisser la gélule rouge au bon moment, au bon endroit : ce tour de main, le chef ne pouvait pas l'avoir, et, grâce à mon aide, il se concentrait sur l'essentiel.

Finalement, mon chef se débrouilla plutôt bien, il apprécia le doigté de Cassandra, reconnut mon savoir-faire et même s'il mettait un peu plus de temps que moi à satisfaire chaque cliente, il réussissait.

Il faut admettre que les femmes en situation d'échec après une première tentative, avaient l'expérience, mais étaient plus angoissées du résultat qu'exigeantes sur les fioritures de la prestation.

Le chef déclara forfait au bout d'une semaine. Épuisé !

L'objectif de trois par soirée avait été atteint ce qui nous permit de rattraper une partie de notre retard.

Quand même un peu déçu, mon chef avoua :

— Je pensais prendre mon pied. Je n'ai pas eu le grand frisson !

— Pourtant, il m'avait semblé…

— Et puis les femmes sont toutes pareilles.

Il croyait innocemment que mon job n'était qu'une partie de plaisir et il n'avait pas imaginé son côté routinier et agaçant, en particulier pour supporter les simagrées des femmes insatisfaites que nous lui avions volontairement choisies.

— C'est un rude travail, je m'étonne que tu y prennes goût, mon cher Daniel.

Était-ce un reproche ?

Une allusion à ma tendance à la rêvasserie ?

— C'est mon boulot, chef. Je le fais de mon mieux, même s'il est un peu ingrat et routinier.

Mon œil ! Pas du tout ingrat, pas du tout routinier ! Chaque postulante était différente. Je n'avais, pour l'instant, qu'apprécié de prendre mon pied à chaque intervention.

Finalement, mon chef n'envisagea pas de recruter une équipe de nuit pour doubler les résultats et nous demanda seulement de doubler la cadence ; c'est-à-dire deux postulantes par jour. Mission impossible !

Je faillis avaler de travers ma salive.

*

Malgré la pression, le train-train reprit à un rythme inchangé après le départ de mon chef. Je fis quelquefois des heures supplémentaires en nocturne en particulier pour les femmes qui imploraient un deuxième essai et que je soignais particulièrement si elles y mettaient de la bonne volonté.

Dans ces cas-là, Lili m'aidait à les préparer.

Nathan aussi me sollicita pour une de mes anciennes abonnées :

— N'oublie pas Sophie, me dit-il. Elle n'arrive à rien avec Thomas. Elle a besoin de ton aide.

— Je vais la convoquer.

L'entretien préalable fut une formalité. J'avais enfin un prétexte légitime pour la travailler. Je m'imaginais déjà dans ses bras.

— Et Thomas ? me demanda Sophie.

Elle avait peur qu'il intervienne hors de propos.

Je lui promis de le mettre entre les mains de Cassandra qui se fera un plaisir de le faire patienter pendant mon intervention.

C'est une artiste en son genre.

La séance avec Sophie fut merveilleuse. Le meilleur souvenir de cette mission. Je la fis attendre le temps nécessaire pour qu'elle s'impatiente et me supplie d'en finir. Je la pris en douceur comme je faisais avec Lili. L'escalade du premier sommet prit un temps fou, mais elle l'atteint ; je ne la laissai pas atterrir, elle prit des ailes et plana, pas besoin de descendre pour une nouvelle remontée à de nouveaux sommets. Sophie se comportait vaillamment, sans peur du vide pour atteindre les orgasmes tant espérés.

De son côté, Thomas, charmé par les taquineries de Cassandra, attendait tranquillement que Sophie se libère.

Aussitôt après mon intervention, Nathan m'appela pour me féliciter, Sophie et Thomas étaient enchantés de mes prestations. Nathan avait pu constater en direct par lui-même que j'étais excellent et me promit :

— Je t'adresserai des cas désespérés.

— Il faut bien s'entraider entre amis.

Pour Sophie, le résultat fut décevant : au bout d'un mois, son objectif principal n'était pas atteint. La gélule rouge n'avait eu aucun effet.

— Il faudra recommencer une troisième session, lui recommandai-je.

— Quand tu veux, accepta-t-elle.

Elle eut une sa troisième session, mais je me gardai bien de lui administrer une gélule rouge pour pouvoir lui proposer une quatrième session, en espérant que Thomas n'ait pas un meilleur résultat que moi.

Puis le stock de gélules rouges diminua à tel point que je pouvais prévoir la date de la fin de l'opération.

Lili attendait toujours pour participer à l'expérience, je ne la bousculai pas, mais nous approchions du moment où tout retard de décision de sa part deviendrait une abstention définitive.

Après avoir interrogé quelques heureuses bénéficiaires grosses de leurs bébés miracles, elle finit par céder. Je sautai de joie.

*

Nous prîmes Michael et moi, une semaine de vacances sur la Côte d'Azur. Lili daigna nous accompagner avec Cassandra, mais refusa un plan à quatre, prétextant de sa qualité de fragile femme enceinte. Michael fut affreusement déçu, mais avala sa déception, et trouva sa satisfaction avec Cassandra !

Ce séjour balnéaire nous reposa.

À notre rentrée, il était temps de prévoir un rapport complet à notre hiérarchie avant de préparer une éventuelle nouvelle campagne.

Le jeune Nathan m'avait averti que circulaient des bruits de couloirs défavorables sur le bien-fondé et le déroulement de notre mission.

— On parle trop de toi, Daniel.

— Tu nous fais de la pub ?

— Tu es mis en cause. Prépare tes arguments. Il y a des rumeurs sur des expérimentations génétiques discutables auxquelles tu participes.

— Je respecte les instructions.

Il y avait un débat dans la hiérarchie. Attention ! Combines et délires mêlés. Historiquement, une telle campagne avait déjà eu lieu dans les temps anciens, mais avec des moyens tellement artisanaux ! Certains restaient sur l'idée qu'il fallait continuer à laisser la liberté à tous les humains de faire des bêtises. Aux anges gardiens de les convaincre ou de les rattraper !

Certains autres voulaient arrêter ce gaspillage de libre arbitre et les en empêcher en leur enlevant l'idée même de faire des bêtises ; en les créant artificiellement naturellement bons, voire parfaits.

— Tu vois le topo ? Nous n'aurions plus à les surveiller et les conseiller pour éviter la faute. Pour nous, c'est l'inscription au chômage à la clé, ou la chorale comme perspective.

— Mince alors !

— D'après l'opinion générale des collègues, si ça tourne mal, tu serviras de fusible, mon petit Daniel, tu es le sous-fifre qui va payer les pots cassés. Tu vas voir que c'est toi qui auras engagé l'opération de ta propre initiative.

Ne pas laisser le libre arbitre aux descendants des humaines inséminées parce qu'ils seraient des êtres conditionnés à faire le bien : tel était l'argument principal des opposants. Ce n'était pas gagné d'avance. Ma seule défense : l'application scrupuleuse des consignes hiérarchiques.

Convoqués au siège tous les deux pour notre rapport de mission, nous eûmes l'impression de passer en jugement. Il y avait mon chef direct, et d'autres chefs que je ne connaissais pas. Ce qui m'inquiétait c'est qu'il y avait des chefs réputés pour avoir été des piliers de l'Inquisition, la plupart visiblement gâteux.

Je fus invité à décrire le déroulement de notre mission. Mon topo était bien huilé ; ce fut un bon rapport, à mon avis. Très bien documenté et illustré.

La conclusion du président de séance fut claire pour exprimer une satisfaction qu'il supposait partagée avec les autres juges :

— Merci, mon cher Daniel pour ce brillant exposé.

Puis, il y eut une intervention d'un juge très ancien jusque-là un peu en retrait :

— Mon cher Daniel, nous aimerions vous poser quelques questions. N'y voyez là que la curiosité bien légitime d'un vieillard qui se fait le porte-parole de quelques collègues de l'ancienne école.

Je fus soumis à un roulement de questions dont j'ai retenu les principales.

— Mon cher Daniel, quel taux de réussite escomptez-vous ?

—90 %, comme prévoient les généticiens.

Un autre juge prit la parole :

— Mon cher Daniel, pensez-vous que les participantes aient joui ?

— Toutes, je présume. C'était l'objectif assumé.

— Mon cher Daniel, avez-vous joui vous-même ?

— Dans tous les cas, j'en suis certain !

— Mon cher Daniel, quel a été votre degré de satisfaction de ces coïts répétés ?

— Très élevé, bien sûr.

— Mon cher Daniel, quelle position avez-vous pratiquée dans vos colloques libidineux ?

— Principalement celle du missionnaire, selon vos recommandations, vénéré Père.

— Vous avez donc accessoirement pratiqué d'autres positions. Lesquelles ?

— Principalement la levrette et ses variantes, selon l'inspiration du moment ou à la demande expresse des participantes.

— Mon cher Daniel y avez-vous trouvé quelques satisfactions sexuelles.

— Affirmatif. C'est l'idéal, pour sortir de la routine inévitable du missionnaire.

— Mon cher Daniel, et la sodomie ?

— Jamais !

— Mon cher Daniel, êtes-vous certain de la fiabilité des conjoints ?

— Affirmatif !

— Mon cher Daniel, serez-vous volontaire pour prolonger cette mission épuisante ?

— Affirmatif ! Je me dévouerai.

Un murmure d'approbation parcourut le groupe de juge, puis après s'être éclairci la voix, le président prit la parole :

— Mon cher Daniel, nous sommes impressionnés par le sérieux avec lequel vous avez accompli votre mission. D'abord, le choix des jeunes femmes, vierges pour la plupart, a été pertinent ; l'enseignement dispensé a été de qualité ; la méthode utilisée pour les féconder a été celle que nous avions recommandée ; le degré satisfaction des jeunes femmes est supérieur à celui attendu ; les délais ont été respectés : nous ne pouvons que nous féliciter de notre choix en vous distinguant pour cette tache impure et ingrate que vous avez su entourer d'amour humain. Néanmoins, nous vous reprocherons une trop grande ardeur dans vos rencontres intimes avec les participantes. Votre implication a été si élevée que vous avez été au-delà de ce qui était stupidement nécessaire. Qu'avez-vous à répondre pour votre défense ?

Daniel, après un court instant de réflexion, s'éclaircit lui aussi la voix :

— Ce sera une réponse technique : pour que mon suc propulse les principes actifs de la gélule rouge, il fallait que je démontre un amour actif et fasse subir une pression suffisante. De l'amour humain certes, d'aucuns le qualifieront de bestial, soit. Par ce moyen, j'ai humanisé cette insémination tout en accédant à un stade préindustriel. En vous répondant de cette façon, je ne fais que reprendre les consignes d'utilisation de la gélule rouge. J'ajouterai la très grande satisfaction des participantes dont j'ai été l'initiateur zélé ainsi que mon collègue Michael dont je ne peux que me féliciter de l'implication. Les vaillantes abonnées participantes pourront renouveler cette expérience avec leurs époux légitimes. C'est ce que je leur souhaite ardemment.

— En effet, constata le président.

— Permettez-moi d'ajouter un détail surprenant. Mes performances sexuelles se sont améliorées à cet exercice et, sous réserve de contrôle scientifique, j'estime que les pilules vertes étaient trop fortement dosées pour mes besoins. Ce surdosage m'a entraîné à des performances plus longues et plus profondes pour peu que la jeune femme ait des attentes exacerbées par le célibat. Vous pourriez qualifier ces performances d'excès.

Mon chef fut invité à intervenir pour déposer son témoignage en tant que superviseur de l'opération ; il insista sur le dévouement et l'ardeur au travail de toute l'équipe. Il avait pu être témoin et expérimenter personnellement les difficultés de la mission, il ne pouvait que féliciter Daniel et Michael pour leur action.

Ce témoignage sembla satisfaire mes juges ; le président conclut cet échange par :

— Merci et félicitations à tous.

Un autre des chefs, un vieillard chenu, se leva, et sur un ton de reproche déclara :

— Mon cher Daniel, nous aimerions vous entendre sur votre relation privilégiée avec la dénommée Lili, transfuge, comme chacun sait, de la concurrence. Nous osons à peine espérer sa complète conversion.

— Assurément, vénéré Père, je l'espère aussi, lui répondis-je en m'inclinant légèrement.

Très légèrement.

Nous arrivions au cœur du problème que je posais à ma hiérarchie. En résumé, j'avais fait de Lili ma maîtresse passionnée et, grâce à mon expérience, je la satisfaisais pleinement. Je m'étais laissé entraîner à la promesse de rester avec elle sur Terre, promesse que je ne pouvais pas tenir ou, en tout cas, que je n'avais pas le droit de tenir sans bousculer notre organisation.

Je devais rejoindre mon poste au siège comme tout un chacun. Sauf si la mission se prolongeait suffisamment longtemps, au moins aussi longtemps que dure la vie de Lili.

Mes chefs demandèrent de me positionner clairement.

Ce que je fis.

J'avouais que l'amour de Lili m'avait engagé dans une voie sans issue : je tenais à respecter ma promesse de vivre le plus possible avec elle, afin de préserver notre amour.

— Mon cher Daniel, cette réponse ne nous satisfait pas. Il s'agit d'amour humain, probablement illusoire. Vous devriez avoir dépassé ce stade bestial. Je constate que ce n'est pas le cas. Votre régression est condamnable.

La séance fut suspendue, les anciens avaient des courbatures et les plus jeunes attendaient les rafraîchissements insipides.

D'après Michael, j'avais été très bon pour présenter et commenter l'exécution du plan en fonction des directives reçues. J'avais atteint les objectifs. J'aurais reçu des félicitations sans réserve et même une promotion s'il n'y avait pas eu ma relation avec Lili que la hiérarchie ne pouvait pas apprécier. D'après lui, j'aurais dû minimiser ma liaison avec Lili et la faire passer pour un engouement temporaire, un effet secondaire pervers de l'effet stimulant des pilules vertes.

Après un long débat, j'eus droit à des circonstances atténuantes (les pilules vertes étaient mal dosées) je fus invité à accepter cinquante ans d'exil sur Terre afin d'accompagner Lili dans sa tâche (sans obligation de mariage) et la mission de suivre la centaine de descendants de cette campagne, de les instruire dans la voie de la justice et de la vérité.

Cool !

Pour des raisons politiques obscures, la campagne ne fut pas renouvelée.

Dommage je ne pourrai pas sauver l'humanité contre son gré.

J'avais tout juste donné de l'espoir à quelques femmes et par la même occasion j'avais pris mon pied.

J'aimais Lili.

J'aimais aussi Cassandra et Sophie.

Ma tentation polygame.

Mon chef bien aimé me remit en souvenir un bocal de pilules vertes, « pour mon moral » et une petite réserve de gélules rouges, « au cas où ». Il me précisa que je gardai mon indemnité de déplacement, ma rémunération et mes avantages acquis, ainsi que l'ancienneté que je retrouverai à mon retour.

De son côté, Michael reçut un blâme pour avoir détruit la veille Porsche du Prince des ténèbres et avoir été un peu trop lié étroitement à Cassandra.

Exil.

La décision était exécutoire immédiatement.

Sans appel.

Exilé.

J'eus à peine le temps de dire au revoir à mes amis les plus proches que je pris la navette direction Terre. Une navette pourrie : des bruits courraient qu'elle ne serait jamais réparée et qu'elle finirait ses jours dans la poubelle de l'espace. Devinez pourquoi.

Les vols seraient définitivement supprimés, le siège se désintéressant complètement de l'évolution désastreuse des terrestres. Ce qui m'inquiétait un peu pour le retour.

Je ne voyageais pas seul.

Il y avait un autre passager. Solitaire.

Nous fîmes connaissance et sympathisâmes. Ce nouvel ami me paraissait beaucoup plus âgé que moi.

Il était habillé d'une sorte de froc en laine grossière, gris-sale, à la façon de certaines variétés de moines. Il avait rabattu la capuche comme pour s'abriter du froid ou des courants d'air. Il me parut singulièrement démodé. Il descendait à Rome. C'était un séraphin, enfin un ancien séraphin parce qu'il avait été déclassé au grade le plus modeste, le mien, condamné comme moi à cinquante ans d'exil.

Alors que je me réjouissais de retourner sur Terre pour retrouver Lili, lui se lamentait, une cellule vide l'attendait.

Triste destin que celui de ce grand ange déchu, ange anonyme comme il se doit. Exilé sans papiers, Il n'avait pas encore choisi son nom terrestre.

Le petit personnel comme moi prenait un pseudo pour pouvoir être reconnu des humains. Lui était encore anonyme, bouleversé encore d'être tombé de si haut, le cul par terre, si je puis me permettre.

Son histoire m'édifia.

Un des très grands pontes, élevé dans la hiérarchie, lui avait confié la recherche d'une recette infaillible pour produire sur Terre de sages enfants obéissants aux lois de la vie en commun, des enfants parfaits, des sortes de synthèse de la sainteté courante, en gros capables de respecter à la lettre les dix commandements et de diffuser spontanément autour d'eux l'amour universel.

Mon nouvel ami s'était improvisé généticien.

Il soupira à cette étape de son histoire.

Je soupirai pour l'aider à continuer.

Il avait proposé une méthode de fécondation in vitro. Il lui fallait créer un laboratoire et trouver des volontaires qui acceptent la stimulation de leurs ovaires, puis la ponction des ovules matures. Ovules et spermatozoïdes garantis prélevés dans le bon milieu, il suffisait de trouver des mères porteuses. Ce devait être l'idéal. Théoriquement.

Mon ami se heurta à la difficulté de trouver les donatrices d'ovules matures. Les donatrices potentielles trouvaient tous les prétextes pour se défiler malgré les gentilles pressions de la hiérarchie.

Le recueil des semences semblait poser moins de problèmes ce qui permit à mon nouvel ami de proposer une solution beaucoup moins satisfaisante, mais plus facile à réaliser.

Il avait donc recueilli les semences de saints hommes, puis sélectionné les plus vigoureuses comme on ferait pour les graines de petits pois ; il avait réussi à obtenir une synthèse passable. Il fallait confirmer l'intérêt de cette synthèse par l'expérience, bien entendu. Il avait par ailleurs, de sa propre initiative, élargi sa récolte aux scientifiques et aux savants réputés et crée une autre banque de données. Puis il entreprit une troisième récolte d'individus moyens choisis comme groupe témoin. Il avait inventé un procédé de conservation et de concentration pour produire des gélules facilement transportables.

Quand il eut achevé ses trois fabrications, ses travaux furent désapprouvés par le siège et ses résultats confisqués et stockés dans une cave secrète.

Obstiné comme un bourdon, il poursuivit ses travaux en cachette. Bien entendu, il fut dénoncé par des jaloux et condamné.

Il me demanda au détour de son récit :

— Serais-tu le Daniel qui a dirigé la dernière mission d'ensemencement ?

En effet, je suis celui-là.

— Mon pauvre Daniel, tu as été abusé.

Et il me dévoila un secret, secret de polichinelle pour la hiérarchie, paraît-il. Aucune des deux sélections n'avait été utilisée. Seules les semences du groupe témoin avaient été encapsulées dans les gélules rouges, autant ne rien avoir fait.

— Je suis désolé, mon pauvre Daniel.

Il me rassura, il n'y aurait pas de dommages pour les enfants à naître, ils seront sans doute tout à fait ordinaires et normaux sans aucun caractère particulier exceptionnel.

— Tout ce tintouin, pour en arriver là ! soupirai-je.

— À défaut, ils auront reçu ta semence. Tu es peut-être père d'une famille très nombreuse maintenant.

— Comment cela pourrait-il se faire ?

— Les pilules vertes, mon cher Daniel, sont très efficaces et ta semence a pu supplanter les autres.

J'étais à la fois affreusement déçu, même furieux d'avoir trompé toutes ces femmes et très fier de ma nouvelle descendance, surtout celle de Lili, Sophie et Cassandra.

— Je te comprends me dit-il.

— Je me suis donné beaucoup de mal.

Il ajouta en souriant pour la première fois :

— Y as-tu pris du plaisir, au moins ?

Je lui souris. Il comprit que j'acquiesçais.

Mon nouvel ami fouilla dans son sac de cabine.

— Mon cher Daniel, j'ai pu mettre de côté quelques flacons des semences d'origine, un vrai miracle. Si tu veux, tu pourrais les essayer sur les femmes de ton choix.

— Chiche. Je suis preneur.

— Tu penseras à mes œuvres. J'attends un virement sur mon compte à Rome, en lires si possible.

Pourquoi pas en sesterces ? Les gradés ne sont pas très à jour. Qu'importe, il aura ses lires.

— Combien as-tu de doses ?

— Une cinquantaine.

— Top là !

Je me voyais rouvrir mon agence matrimoniale. Rien ni personne ne m'empêcherait de réussir !

— Je pourrai t'en fournir d'autres, elles sont dans mon bagage de soute. Je t'enverrai un colis anonyme par la voiture postale. Tu comprendras que je doive rester dans l'ombre, me dit mon nouvel ami.

Qu'importe si nous avons du résultat, je ne lui cachai pas que j'étais surtout intéressé par les semences fabriquant les petits génies.

J'étais donc parti avec de grands projets en tête.

Et d'abord rejoindre Lili.

Et Sophie, et Cassandra.

J'étais enthousiaste pour tenter cette expérience troublante : cinquante ans de vie sur Terre.

Heureusement, j'avais gardé tout mon équipement de transmission et certaines capacités bien utiles, celle de me déplacer très rapidement, et de faire des incursions dans l'avenir proche pour m'informer des résultats des jeux de hasard.

Je gardai le contact avec mes chers amis Michael, Nathan et mon chef. Grâce à eux, je me tenais au courant des potins du siège. Mais j'ai besoin de la Terre pour me sentir ange gardien.

Ma vie avec Lili fut entrecoupée de missions ponctuelles à la demande de mon chef ; Lili ne se plaignait pas de mes disparitions épisodiques. Elle s'occupait avec Cassandra à gérer le Caveau et ses succursales.

Lili me laissait généreusement la liberté de rencontrer Cassandra et Sophie.

Je développai raisonnablement mon commerce d'agence matrimoniale, à un rythme plus modéré, mais avec des satisfactions encore plus intenses. Quand c'était nécessaire, Lili, Cassandra et Sophie faisaient partie de l'équipe pour me seconder.

Mon nouvel ami généticien resta tellement dans l'ombre qu'il disparut, me laissant sans nouvelles de Rome. Nathan m'apprit, au cours d'une de ses visites, qu'il avait réintégré miraculeusement son poste au siège à la suite d'une intervention imprévue en sa faveur.

— Ça te fera une relation utile, conclut Nathan.

La fécondation de petits génies ne fut pas une réussite évidente. Il faut attendre tellement longtemps pour qu'ils se révèlent. En tout cas, Cassandra et Sophie bénéficièrent des semences sélectionnées. Pour son deuxième enfant, Lili me demanda d'attendre les résultats de ses deux amies.

Ma vision du proche avenir était limpide.

En un rêve, la fille de Lili naquit, nous l'avons appelée Lali. J'en fus très fier. Lali cria ses premières nuits, fut assez exigeante pour les heures de biberon et m'épuisa, fit ses dents, parla et fut très bavarde, devint adorable, marcha, fut intrépide, grandit, alla à l'école, fut une ado difficile, grandit encore, fut insupportable, mais tellement adorable, sortit avec des garçons de son âge, les trouva idiots, tomba amoureuse de Nathan, en visite sur Terre et...Nathan la dépucela.

Il consomma deux gélules rouges de mes réserves stratégiques et lui fabriqua des jumeaux, Daniel et Michael qui vagirent, parlèrent, grandirent très vite, furent insupportables, allèrent à l'école, furent bons élèves, très bons élèves, sortirent avec des filles, des jumelles à qui ils jurèrent d'être fidèles.

Enfin, je disparus.

Ma vie d'exil s'était écoulée comme la vie a l'habitude de s'écouler sur Terre, très lentement au début, lentement ensuite, puis imperceptiblement plus rapidement, puis de plus en plus rapidement à la fin de ma peine.

J'avais demandé quelques années d'exil supplémentaires. Elles me furent refusées.

Je retournai au siège laissant une veuve éplorée, mais fort à l'aise financièrement. J'y avais veillé.

Lili, Lali et ses enfants furent tristes quelque temps, mais se consolèrent en me choisissant comme ange gardien bénévole.

Après un repos symbolique, une formation bâclée au job, je devins officiellement juge adjoint au bureau des entrées, poste que j'occupe toujours et encore pour très longtemps.

## Épilogue

Je ne savais pas si c'était la lumière de la lampe de chevet qui m'avait réveillé ou cette main qui me secouait l'épaule. Main douce et secousse rude.

— Réveille-toi !

Pourquoi me secouer si brutalement ?

— Réveille-toi, Daniel !

Encore un peu de temps !

— Lève-toi Daniel, c'est ton tour de biberon !

En effet, j'entendis Lali pleurer son biberon.

Je fus tenté de replonger dans le sommeil, dans ce lit si chaud, je n'avais aucune envie de me réveiller pour quitter mes rêves, et encore moins de me lever.

Lili me secoua de nouveau, plus rudement.

— Debout, Daniel c'est l'heure du biberon.

C'était maintenant certain, j'avais encore quelques années d'exil devant moi.

Je me levai. Je faillis perdre l'équilibre et tomber

Terminés les rêves, il fallait continuer à vivre sur Terre. La dure réalité des biberons de Lali, cette braillarde affamée.

Elle se tut quand je la pris dans mes bras.

Elle me fit un clin d'œil ; cette femmelette aguicheuse me souriait.

Je me promenai avec elle dans l'appartement, vérifiant que je possédais toujours mes bibelots de valeur, mes quelques copies de vases chinois époque Ming, mes copies de précieux chandeliers baroques, ma collection de fausses poteries aztèques.

Lili avait décidé de se lever pour préparer notre petit déjeuner et rigolait à me regarder me débattre avec notre assoiffée gourmande agrippée à son biberon comme à une bouée de sauvetage.

Lili m'embrassa tendrement :

— Bonjour mon chéri.

— Bonjour, bien dormi ?

— Pas assez. Quand tu en auras fini avec notre goulue, je ferais bien un petit entre-acte crapuleux.

Lili m'embrassa sur le front.

— Daniel ! J'ai fait un rêve bizarre cette nuit.

— Raconte Lili.

— A cette époque-là, notre petite Lali, notre bébé aura deux grands garçons, des jumeaux d'un certain Nathan, son mari, un beau gosse, blond comme toi. C'est fou ! Non ?

— Et puis ?

— Ils étaient tous réunis pour ton départ définitif. Définitif, mon cher Daniel !

Bon sang que ces rêves sont absurdes.

FIN

Du même auteur

*Romans d'anticipation*
*Cycle  P900*
**P900 – Planète Aurore**
**P900 – Voyage sur Terre**
**P900 – Les pirates**

*Science-fiction*
**Clara et ses amours de robots**
**Le début de la fin ?**

*Roman historique*
**Princesse Sofia – Amours de l'an 1000**

*Policier*
**Les secrets de Justine**

*Roman sentimental*
**Alex et Mélanie**
**Amours et délices sans orgue**

*Nouvelles*
**La fée électricité**
**Dans la forêt magique**
**Robert 2050**
**Amours confinés**
**Le marieur de 1905**
**La marieuse de 1945**
**Départs**
**Du sexe vanille ! Oui ou zut ?**
**Anges gardiens**
**Au même diapason**

darmenjean@gmail.com